힐링스토리 잠시 멈춰서 바라볼 수 있다면

흔들림 또한 우리가 살아가는 한 모습이다

흔들림 또한 우리가 살아가는 한 모습이다

구성 | 이원준　　　펴낸이 | 최병섭　　　펴낸곳 | 이가출판사
초판1쇄발행 | 2013년 1월 25일
출판등록 | 1987년 11월 23일
주　　　소 | 서울시 영등포구 신길동 194-70
대표전화 | 716-3767　　　팩시밀리 | 716-3768
E-mail | ega11@hanmail.net
ISBN | 978-89-7547-091-2 (03810)

힐링스토리 잠시 멈춰서 바라볼 수 있다면

흔들림 또한 우리가 살아가는 한 모습이다

구성 | 이원준

이가출판사

아무리 어둡고 험난한 길이라도
나 이전에 누군가는
이 길을 지나갔을 것이다.

아무리 가파른 고갯길이라도
나 이전에 누군가는
이 길을 넘어갔을 것이다.

아무도 걸어본 적이 없는 그런 길은 없다.

어둡고 험난한 이 세월이
비슷한 여행을 하는 모든 사람들에게
도움과 위로를 줄 수 있기를….

베드로시안 〈아무도 걸어본 적이 없는 그런 길은 없다〉
여는 글을 대신하며, 이원준

contents

그대를 스치고 떠나는 것들을 반기고
그대를 찾아와 잠시 머무는 시간을 환영하라.

바람은 그 소리를 남기지 않는다

바람이 성긴 대숲에 불어와도 지나가고 나면
그 소리를 남기지 않는다.

기러기가 차가운 연못에 머물다 지나가고 나면
그 그림자를 남기지 않는다.

그러므로 성인은
일이 생기면 비로소 마음이 나타나고
일이 지나고 나면 마음도 따라서 비워진다.

사람들은 무엇이든 소유하기를 원한다.
그들은
눈을 즐겁게 해 주는 것
귀를 즐겁게 해 주는 것
마음을 즐겁게 해주는 것이면 가리지 않고
자기 것으로 삼기를 주저하지 않는다.

남의 것이기보다는 우리 것으로
그리고 우리 것이기보다는 내 것이기를 바란다.
나아가서는 내가 가진 것이 유일하기를 원한다.

그들은 인간이기 때문에
인간이기 위하여 소유하고 싶다고 거리낌 없이 말한다.
얼마나 맹목적인 욕구이며 맹목적인 소유인가.

보라!
모든 강물이 흘러 마침내는 바다로 들어가 보이지 않듯이
사람들은 세월의 강물에 떠밀려
죽음이라는 바다로 들어가 보이지 않게 된다.

소유한다는 것은 머물러 있음을 의미한다.
모든 사물이 어느 한 사람만의 소유가 아니었을 때
그것은 살아 숨쉬며
이 사람 혹은 저 사람과도 대화한다.

모든 자연을 보라.
바람이 성긴 대숲에 불어와도 지나가고 나면
그 소리를 남기지 않듯이
모든 자연은 그렇게 떠나고 보내며 산다.

하찮은 일에 집착하지 말라.
지나간 일들에 애틋한 미련을 두지 말라.
그대를 스치고 떠나는 것들을 반기고
그대를 찾아와 잠시 머무는 시간을 환영하라.

그리고 비워 두라.
언제 다시 그대 가슴에 새로운
손님이 찾아들지 모르기 때문이다.

《채근담》 중에서

그것이 무슨 인생인가

그것이 무슨 인생인가.
근심에 가득 차 가던 길 멈춰 서서
잠시 바라볼 시간조차 없다면.

나무그늘 아래 쉬고 있는 양과 소처럼
펼쳐진 풍경을 한가로이 바라볼 시간이 없다면.

숲을 지나다 수풀 속에서 도토리를 숨기는
작은 다람쥐들을 바라볼 시간이 없다면.

햇빛 눈부신 한낮, 마치 밤하늘처럼
별들 반짝이는 강물을 바라볼 시간이 없다면.

아름다운 여인의 다정한 눈길과 발에 이끌려
춤추는 그 고운 모습을 바라볼 시간이 없다면.

눈가에서 시작된 그녀의 환한 미소가
입가로 번질 때까지 기다릴 시간이 없다면.

얼마나 불쌍한 인생인가.

근심에 가득 차 가던 길 멈춰 서서

잠시 바라볼 시간조차 없다면.

윌리엄 헨리 데이비스

이런 사람이 되었으면 좋겠습니다

탁월한 사람이 되는 것도 좋겠지만
깊은 사람이 되었으면 좋겠습니다.
똑똑한 사람이 되는 것도 좋겠지만
품어주는 사람이 되었으면 좋겠습니다.
말을 잘하는 사람이 되는 것도 좋겠지만
듣는 걸 잘하는 사람이 되었으면 좋겠습니다.
자기 자신에게는 엄격하고
남한테는 관대한 사람이 되었으면 좋겠습니다.

그리고 자신이 가진 재주를 예리한 칼에 비교한다면
자신을 좋은 칼로 만드는 것도 중요하지만
그걸 칼집에 넣어 함부로 휘두르지 않는
그런 균형 잡힌 사람이 되었으면 좋겠습니다.

촉촉한 사람이 되고 싶습니다.
눈물의 의미를 아는….
작은 일에 감격할 수 있는 그런 사람이 되고 싶습니다.
모든 일에 '다 그런 거야' 라고 메마른 눈빛으로
세상을 바라보는 건조한 사람은 싫습니다.
그저 감사하고 작은 일에 기뻐하며
슬픔의 눈물도 흘릴 줄 아는 그런 촉촉한 사람이고 싶습니다.

살아가노라면 끈기 있게 지속하기 어려울 때가 많이 있습니다.
고생스러울 때도 있고, 두려울 때도 있습니다.
피곤하고 아프고 화가 날 때도 있습니다.
그리고 몹시 실망할 때도 있습니다.

당신은 당신이 밟고 가야할 넓은 물 위를
다 밟고 싶지 않을 때가 있을 것입니다.
당신은 그만 모든 것을 포기하고
꿀꺽 꿀꺽 물을 마시며
빠져버리고 싶을 때가 있을지도 모릅니다.

그러나 참고 견디십시오.
가라앉지 말고 떠 있으십시오.
그러노라면 사정이 좋아질 것입니다.
왜냐하면
당신 자신이 사정을 좋게 만들 수 있는
그런 사람이기 때문입니다.

마사 메리 마고

나는 소망합니다

나는 소망합니다.
내가 누구를 대하든
그 사람에게 꼭 필요한 존재가 되기를.

나는 소망합니다.
타인의 죽음을 볼 때마다 내가 작아질 수 있기를
그러나 나 자신의 죽음이 두려워
삶의 기쁨이 작아지는 일이 없기를.

나는 소망합니다.
내 마음에 드는 사람들에 대한 사랑 때문에
마음에 들지 않는 사람들에 대한 사랑이 줄어들지 않기를.

나는 소망합니다.
상대가 나에게 베푸는 사랑이
내가 그에게 베푸는 사랑의 기준이 되지 않기를.

나는 소망합니다.
모두가 나를 있는 모습 그대로 받아주기를
그러나 나 자신만은 그렇지 않기를.

나는 소망합니다.
언제나 남들에게 용서를 구하며 살기를
그러나 그들의 삶에는 나에게 용서를 구하는 일이 없기를.

나는 소망합니다.
내가 사랑하는 여자를 만나게 되기를
그러나 그런 사람을 애써 찾아다니지 않기를.

나는 소망합니다.
언제나 나의 한계를 인식하며 살기를
그러나 그런 한계를 스스로 만들어내지는 않기를.

나는 소망합니다.
사랑하는 삶이 언제나 나의 목표가 되기를
그러나 사랑이 내 우상이 되지는 않기를.

나는 소망합니다.
모든 사람이 언제나 소망을 품고 살기를.

헨리 나우웬

두 번은 없다

두 번은 없다.
지금도 그렇고 앞으로도 그럴 것이다.
그러므로 우리는 아무런 연습 없이 태어나서
아무런 훈련 없이 죽는다.

우리가 세상이란 이름의 학교에서
가장 바보 같은 학생일지라도
여름에도 겨울에도 낙제는 없는 법.

반복되는 하루는 단 하루도 없다.
두 번의 똑같은 밤도 없고
두 번의 한결같은 입맞춤도 없고
두 번의 똑같은 눈빛도 없다.

어제 누군가 내 곁에서
네 이름을 큰 소리로 불렀을 때
내게는 마치 열린 창문으로
한 송이 장미꽃이 떨어지는 것 같았다.

오늘 우리가 이렇게 함께 있을 때
나는 벽을 향해 얼굴을 돌려버렸다.
장미? 장미가 어떤 모양이었지?
꽃이었던가? 돌이었던가?

힘겨운 나날들.
무엇 때문에 너는
쓸데없는 불안으로 두려워하는가.
너는 존재한다 – 그러므로 사라질 것이다.
너는 사라진다 – 그러므로 아름답다.

미소 짓고 어깨동무하며
우리 함께 일치점을 찾아보자.
비록 우리가 두 개의 투명한 물방울처럼
서로 다를지라도….

비슬라바 쉼보르스카

내가 이제야 깨달은 것

내가 이제야 깨달은 것은

사랑을 포기하지 않으면
기적은 정말 일어난다는 것.

누군가를 사랑하는 마음은
숨길 수 없다는 것.

이 세상에서 제일 훌륭한 교실은
노인의 발치라는 것.

어렸을 때 여름날 밤
아버지와 함께 동네를 걷던 추억은
일생의 버팀목이 된다는 것.

삶은 두루마리 화장지 같아서
끝으로 갈수록 더욱 빨리 사라진다는 것.

돈으로는 인간의 품격을 살 수 없다는 것.

삶이 위대하고 아름다운 이유는
매일매일 일어나는 작은 일들 때문이라는 것.

마음의 상처를 치유하는 것은
시간이 아니라 사랑이라는 것.

부모님이 돌아가시기 전에 단 한번이라도
사랑한다는 말을 하지 못하는 것은
영원한 한이 된다는 것.

우리 모두는 다 정상에 서기를 원하고
그렇게 살고 싶어 하지만
행복은 그 산을 올라가는 과정의 시간 속에 있다는 것.

그런데 왜 우리는 이 모든 진리를
삶을 다 살고 나서야 깨닫게 되는 것일까.

살아온 길을 뒤돌아보면 너무나 쉽고 간단한데
진정한 삶은 늘 해답이 뻔한데

왜 우리는

그렇게 복잡하고 힘들게 살아가는 것일까.

페페
필리핀 태생의 페페 신부가 불치병으로 삶을 정리하며 쓴 글

내일의 할 일은 잊어버리고 오늘만 보며
술에 취한 채 흔들리는 세상을 보고픈 날이 있다.

진정 바라는 것

소란스럽고 바쁜 일상 속에서도 침묵 안에
평화가 있다는 사실을 기억하십시오.

포기하지 말고 가능한 모든 사람들과 잘 지내도록 하십시오.
조용하면서도 분명하게 진실을 말하고,
어리석고 무지한 사람들의 말에도 귀를 기울이십시오.
그들 역시 할 이야기가 있을 테니까요.

목소리가 크고 공격적인 사람들을 피하십시오.
그들은 영혼을 괴롭힙니다.
자신을 다른 사람과 비교하면 자신이 하찮아 보이고
비참한 마음이 들 수도 있습니다.
더 위대하거나 더 못한 사람은 언제나 있기 마련입니다.

당신이 계획한 것뿐만 아니라
당신이 이루어 낸 것들을 보며 즐거워하십시오.
아무리 보잘것없더라도
당신이 하는 일에 온 마음을 쏟으십시오.
그것이야말로 변할 수밖에 없는 시간의 운명 안에서
진실로 소유할 수 있는 것이기 때문입니다.

사업상의 일에도 주의를 기울이십시오.

세상은 속임수로 가득하기 때문입니다.

그러나

세상에 미덕이 있다는 것을 모르고 지나치지는 마십시오.

많은 사람들이 높은 이상을 위해 애쓰고 있고,

삶은 영웅적인 행위로 가득 차 있기 때문입니다.

당신 본연의 모습을 찾으십시오.

가식적인 모습이 되지 마십시오.

사랑에 대해서 냉소적이 되지 마십시오.

아무리 무미건조하고 꿈이 없는 상태에서도

사랑은 잔디처럼 돋아나기 때문입니다.

나이 든 사람들의 충고는 겸손히 받아들이고,

젊은이들의 생각에는 품위 있게 양보하십시오.

갑작스러운 불행에서 자신을 보호하려면

영혼의 힘을 키워야 합니다.

그러나 쓸데없는 상상으로 스스로를 괴롭히지 마십시오.

많은 두려움은 피로와 외로움에서 생겨납니다.

자신에게 관대해지도록 노력하십시오.

당신은 나무나 별들과 마찬가지로 우주의 자녀입니다.
당신은 이곳에 머무를 권한이 있습니다.
그리고 당신이 느끼든 그렇지 못하든 우주는
그 나름의 질서대로 펼쳐지고 있습니다.

그러므로 하느님과 평화롭게 지내십시오.
당신이 그분을 어떻게 생각하든
당신의 노동과 소망이 무엇이든
시끄럽고 혼란한 삶 속에서도
영혼의 평화를 간직하십시오.
서로 속이고, 힘들고, 꿈이 깨어지기도 하지만
그래도 세상은 아름답습니다.
늘 평안하고 행복하려고 애쓰십시오.

맥스 어만
교황 요한 바오로 2세 집무실에 걸려 있던 글

오직

못된 사람의 모진 마음

오직

내가 너그러워야 받아들일 수 있다네.

비뚤어진 쟁기의 모습

오직

대지만이 견딜 수 있듯이.

인도 잠언시

연애하듯이 살라

언제나 당신 자신과 연애하듯이 살라.
그대가 불행하다고 해서 남을 원망하느라
기운과 시간을 허비하지 말라.
어느 누구도 그대 인생에 변화를 줄 수는 없다.
그럴 수 있는 사람은 오직 당신뿐이다.

모든 것은 타인의 행동에 반응하는
스스로의 생각과 태도에 달려 있다.
모든 사람들이 현재의 자신과는 다른,
좀 더 중요한 사람이 되고 싶어 하지만
그런 헛된 노력에 매달리지 말라.
그대는 이미 중요한 사람이다.
그대는 그대 자신이다.
그대 본연의 향기로운 모습으로 존재할 때
비로소 행복해질 수 있다.

그대 본연의 모습에서 만족을 느끼지 못한다면
진정한 만족이란 결단코 불가능하다.
자부심이란 누구도 아닌 오직 그대만이
스스로에게 줄 수 있는 것이다.

그대 자신을 사랑하는 것은 중요한 일이다.
그대 어머니가 그대를 사랑하는 것 이상으로
스스로를 사랑하라.
언제나 그대 자신과 연애하듯이 살라.

어니 J. 젤린스키

서로 속이고, 힘들고, 꿈이 깨어지기도 하지만
그래도 세상은 아름답습니다.

위대한 인디언

워싱턴에 있는 위대한 지도자가
우리 땅을 사고 싶다는 요청을 해 왔습니다.
우리는 그의 제의를 고려해 보겠습니다.
그렇게 하지 않으면 총을 가지고 와서
우리의 땅을 빼앗아 갈 것이기 때문입니다.

그렇지만 어떻게 하늘,
그리고 땅을 팔고 살 수가 있을까요?

우리에게는 아주 모순된 생각입니다.
신선한 공기와 반짝이는 물은
우리가 소유하고 있는 게 아닙니다.
그런데 어떻게 그것을 팔 수 있겠습니까?
땅은 우리 민족에게 있어 거룩한 곳입니다.
아침 이슬에 반짝이는 솔잎 하나도,
해변의 모래톱도,
깊은 숲 속의 안개며 노래하는 온갖 벌레들도
모두 신성합니다.

나무줄기를 흐르는 수액은
바로 우리의 정맥을 흐르는 피입니다.
우리는 땅의 일부이고 땅은 우리의 일부입니다.
거친 바위산과 목장의 이슬, 향기로운 꽃들,
사슴과 말, 커다란 독수리는
모두 우리의 형제입니다.
사람은 이 거대한 생명 그물망의
한 가닥일 뿐입니다.
만일 사람이 쏙독새의 아름다운 지저귐이나
밤의 연못가 개구리의 울음소리를 듣지 못한다면
인생에 남는 것이 무엇이 있겠습니까.

백인들의 도시에는 조용한 곳이라고는 없습니다.
아무 데서도 봄바람에 흔들리는 나뭇잎 소리며
벌레들이 날아다니는 소리를 들을 수 없습니다.
내가 야만인이어서 이해를 못하기 때문이겠지만,
그 소음은 내 귀를 상하게 합니다.

북미의 인디언들은 한낮의 비로 씻기고
소나무의 향기가 나는 부드러운 바람 소리를
더 좋아합니다.

우리가 만약 당신들에게 땅을 판다면
땅은 거룩하다는 것을 기억해 주십시오.
이 땅을 목장의 꽃향기를 실어 나르는 바람을
맛볼 수 있는 곳으로 지켜 주십시오.

우리가 우리의 자손에게 가르친 것을
당신들도 당신들의 자손에게 가르쳐 주십시오.
땅은 우리 모두의 어머니라고.
모든 좋은 것은 땅으로부터 나오고
이 땅의 운명이 곧 우리의 운명이라는 것을….

아메리카 인디언의 글

태만의 죄

태만의 죄!
당신이 하는 것이 문제가 아니다.
당신이 안 하고 남겨 두는 것이 문제다.

해가 질 무렵에 당신의 마음을
아프게 하는 것은 바로 그것이다.

부드러운 말을 잊었다면
편지를 보내지 않았다면
보내야 할 꽃을 보내지 않았다면
잠자리에 든 당신은 괴로울 것이다.

형제의 길 앞에 놓인 돌을 치우지 않았다면
신중히 충고해야 할 때
쓸데없을 잔소리만 늘어놓았다면
얌전하고 공손히 말하면서
사랑의 손으로 애무해야 할 때
시간이 없다는 핑계를 대면서
당신의 걱정만 생각했다면 그것이 문제다.

작은 친절의 가치,
그것은 소홀히 대하기가 쉽다.
도울 수 있는 기회,
그것도 소홀히 대하기 쉽다.

당신이 하는 것이 문제가 아니다.
당신이 안 하고 남겨 두는 것이 문제다.

해가 질 무렵에 당신의 마음을
아프게 하는 것은 바로 그런 것들이다.

마가렛 생스터

꿈의 씨앗

침묵의 명상을 통해
나는 내 내면 세계의 모든 것을 지각한다.
그것은 마치 씨앗과도 같아서
아주 작고 보잘것없어 보이지만
그 안에 모든 가능성이 내포되어 있다.

나는 그 씨앗 속에서
거대한 나무,
발전해가는 내 삶이라는 나무의 싹을 본다.

작디작은 그 하나하나의 씨앗 속에는
장차 완성될 아름드리나무의 혼이 담겨 있다.

씨앗 하나하나는 비옥한 땅 위에 떨어져
땅속의 양분을 흡수하고
가지를 뻗고 잎을 틔우며
꽃을 피우고 열매를 맺어
줄 수 있는 모든 것들을 베푸는 나무로
성장할 것임을 알고 있다.

씨앗 하나하나는 자신이 언제인가 아름드리나무가

되리라는 걸 알고 있다.
따라서 씨앗이 그토록 많다는 것은
잠재된 꿈이 그만큼 많다는 것이기도 하다.
우리 안에서도 셀 수 없는 많은 꿈들이
씨앗으로서의 생을 마감하고
싹을 틔우며 뿌리를 뻗고 자라
아름드리나무가 되는 그 순간을 기다리고 있다.

당당하게 자란 아름드리나무들은
그 견고함을 통해 우리에게 말하고 있다.
내면의 목소리를 들어보라고.
우리들의 꿈의 씨앗들이 내포한 지혜의 목소리에
귀 기울여보라고.

그들, 꿈들은 갖가지 상징을 통해
우리들에게 길을 가르쳐준다.
매 사건 속에서
매 순간 속에서
고통 속에서
기쁨 속에서
성공 속에서

실패 속에서
꿈꾸어진 모든 것들은
우리가 잠들어 있든 깨어 있든
우리에게 가르친다.
우리 자신을 들여다보라고,
우리 자신에게 귀 기울여보라고,
깨달으라고.

우리는 그렇게 성장하고 발전해간다.

그러다가 어느 날,
우리가 인생이라고 부르는
이 영원한 현재 속을 통과해가는 사이에
우리의 꿈의 씨앗들은
어느새 아름드리나무로 자라 거대한 날개처럼
활짝 하늘 위로 가지를 뻗치리라.
가지 하나하나에
우리의 과거와 미래를 한데 아우르며.
그러니 두려워할 것 없다.
장차 자신이 아름드리나무가 될 것임을 알고 있으니.

호르헤 부카이

흔들림 또한 사람이 살아가는 한 모습이다

삶에 대한 가치관이 곧게 서 있어도
때로는 흔들릴 때가 있다.

가슴에 품어온 이루고 싶은 소망들을
때로는 포기하고 싶을 때가 있다.

긍정적이고 밝은 생각으로 하루를 살다가도
때로는 모든 것들이 부정적으로 보일 때가 있다.

정직함과 곧고 바름을 강조하면서도
때로는 양심에 걸리는 행동을 할 때가 있다.

따뜻한 사람들 틈에서 숨 쉬고 있는 순간에도
문득 심한 소외감을 느낄 때가 있다.

행복만이 가득할 것 같은 특별한 날에도
홀로 소리 없이 울고 싶은 날이 있다.

재미난 영화를 보며 소리 내어 웃다가도
웃음 끝에 스며드는 허탈감에 우울해질 때가 있다.

숨 막힐 정도로 할 일이 쌓여 있는 날에도
머리로 생각할 뿐 가만히 보고만 있을 때가 있다.

내일의 할 일은 잊어버리고 오늘만 보며
술에 취한 채 흔들리는 세상을 보고픈 날이 있다.

늘 한결같기를 바라지만 때때로 찾아오는 변화에
혼란스러운 때가 있다.

한 모습만 보인다고 하여
그것만을 보고 판단하지 말라.

사람의 마음이 늘 고요하다면
그 모습 뒤에는 분명 숨겨져 있는
보이지 않는 거짓이 있을 것이다.

가끔은 흔들려보며
때로는 모든 것들을 놓아본다.

그런 과정 뒤에 오는
소중한 깨달음이 있다.

그것은 다시 희망을 품은 시간들이다.
다시 시작하는 시간 안에는 새로운 비상이 있다.

흔들림 또한 사람이 살아가는 한 모습이다.
적당한 푸념과 비명을 지르며 살아야
진정 사람다운 사람이 아닐까.

롱펠로우

인생이 길 없는 숲 같아서

인생이
정말 길 없는 숲 같아서
얼굴이 거미줄에 걸려 간지러울 때
그리고 작은 나뭇가지가 눈을 때려
한 쪽 눈에서 눈물이 날 때면
그 시절로 돌아가고 싶어진다.
이 세상을 잠시 떠났다가
다시 와서 새 출발을 하고 싶어진다.

로버트 프로스트

나무에게 가보라

하늘에 닿기를 바라는 나무는
땅 속 가장 깊은 데까지 가지 않으면 안 된다.
그 뿌리는 깊게
바로 지옥에까지 가 닿지 않으면 안 된다.
그래야 비로소 그 가지가
그 끝이 천국에 닿게 되는 것이다.

외롭다거나 불안할 때 나무에게 가보라.
나무에게 이야기를 걸어보라.
나무를 만져보라.
나무를 안아보라.
나무를 느껴보라.
그저 나무 곁에 앉아 있어 보라.
당신은 나무에게 좋은 사람이며
상처를 주는 사람이 아니라는 것을
느끼게 해 보라.
그러면 나무와 당신 사이에
새로운 우정이 솟아날 것이다.

그리고 당신이 그 나무를 찾아가면

금방 모습이 변하는 것을 느끼기 시작할 것이다.

당신은 그것을 틀림없이 느낄 것이다.

오쇼 라즈니쉬

삶에 감사합니다.
내게 이렇게 많은 것을 준 것에 대해.

모든 것은 지나간다

모든 것은 지나간다.
일출의 장엄함이 아침 내내 계속되지 않으며
비가 영원히 내리지 않는다.
일몰의 아름다움이 한밤중까지 이어지지 않는다.
모든 것은 지나간다.

하지만 땅과 하늘과 천둥,
바람과 불,
호수와 산과 물은 언제나 존재한다.
만일 그것들마저 사라진다면
인간의 꿈이 계속될 수 있을까!
인간의 환상이!

당신이 살아 있는 동안
당신에게 일어나는 일들을 받아들여라.
모든 것은 지나가 버린다.

세실 프란시스 알렉산더

마음 마음 마음이여

마음 마음 마음이여,
알 수 없구나.

너그러운 때는
온 세상을 다 받아들이다가도
한번 옹졸해지면
바늘 하나 꽂을 자리 없구나.

달마

위험을 감수하는 것

웃는 것은 바보처럼 보이는 위험을 감수하는 것이다.

우는 것은 감상적으로 보이는 위험을 감수하는 것이다.

타인에게 다가가는 것은 휘말리는 위험을 감수하는 것이다.

감정을 표현하는 것은 진정한 자신을 드러내는 위험을 감수하는 것이다.

자신의 생각과 꿈을 대중 앞에 내보이는 것은

그것을 잃어버리는 위험을 감수하는 것이다.

사랑하는 것은 보답으로 사랑 받지 못하는 위험을 감수하는 것이다.

사는 것은 죽는 위험을 감수하는 것이다.

희망하는 것은 절망하는 위험을 감수하는 것이다.

시도하는 것은 실패하는 위험을 감수하는 것이다.

그러나 위험은 감수해야 하는 것이다.

삶에서 가장 큰 위험은 아무 위험을 감수하지 않는 것이다.

아무 위험을 감수하지 않는 사람은

아무 것도 하지 않고

아무 것도 갖지 않는

아무 것도 아니다.

그 사람은 고통과 슬픔을 피할 수 있을지 모르지만

전혀 배울 수도

느낄 수도

바꿀 수도

성장할 수도

사랑할 수도

살 수도 없다.

조심성의 사슬로 매여 있다면 그 사람은 노예다.

그 사람은 자신의 자유를 박탈당했다.

오직 위험을 감수하는 사람만이 진정으로 자유롭다.

자넷 랜드

삶에 감사합니다

삶에 감사합니다.
내게 이렇게 많은 것을 준 것에 대해.
그는 나에게 두 개의 밝은 눈을 주었습니다.
그래서 내가 눈 떴을 때
검은 것과 하얀 것을
높은 하늘에 깊은 별들을
군중들 사이에 사랑하는 사람을
완벽하게 구별할 수 있습니다.

삶에 감사합니다.
내게 이렇게 많은 것을 준 것에 대해.
그는 나에게 소리와 글자를 주었고
그 언어들로 생각하고
어머니, 친구와 내 형제들을 크게 부를 수 있으며
그 언어들은
내가 사랑하는 영혼의 길의 빛을 밝혀줍니다.

삶에 감사합니다.
내게 이렇게 많은 것을 준 것에 대해.

그는 나에게 웃음을 주었고 눈물을 주었습니다.

내 노래를 만드는 그 웃음과 눈물은

나에게 고통의 말들을 이해할 수 있게 해주었습니다.

나의 진솔한 노래는 바로 당신들의 노래이고

또한 우리 모두의 노래입니다.

삶에 감사합니다.

비올레타 빠라

마음을 채울 수 있는 것들

세상은 하룻밤을 자고 나면 새로운 것을 만들어내
사람들로 하여금 그것을 소유하고 싶은 마음을
절제하지 못하게 유혹하고 있습니다.
사람마다 추구하는 것이 달라서
어떤 사람은 더 많은 재물을 소유하기 위해서
끊임없이 모으고 있습니다.

지식을 쌓기 원하고
사회적인 그리고 후세에 남을 명예를 원하며
의롭고 선하게 살기를 원해서
불의와는 절대로 타협하지 않으며
절개를 지키는 사람도 있습니다.

자기 안에 사상이 있습니다.
마음에 생각하는 그것을 얻기 위해서
노력하며 살아가지만
그 어떤 것도 만족을 주지 못하고 있습니다.

마음을 다 채울 수 없기 때문입니다.
재물도 명예도 지식도.

그리고 선하고 의롭게 산 것도 마음에서
만족할 수 있을 만큼 가질 수 없기 때문입니다.

생각하고 있는 것을 가지면 될 것 같아서
인생을 걸면서까지 그것을 가지려고
전쟁을 하듯이 싸우지만
가져도 가져도 부족하기만 한 것입니다.

마음을 채울 수 있는 것을 가지세요.
사람들이 갖고자 노력하고 애쓰는 그것보다
더 좋은 것이 영혼에 있습니다.
그것을 가지면 배가 부르듯이
마음을 채워서 포만감이 넘칠 것입니다.

〈마음을 채울 수 있는 것들〉 중에서

그러나 나는

어떤 이들은
'내일이 없다는 듯이 살아가라' 고 말합니다.
그러나 나는 그러지 않을 것입니다.
나는 내일을 기다리며
영원히 살 것처럼 생각하고 행동할 것입니다.
그래야 나의 소망이 높아지고
오늘 쌓는 작은 노력들이
더욱 소중해지기 때문입니다.

어떤 이들은
'젊음은 다시 오지 않는다' 고 말합니다.
그러나 나는 그렇게 생각하지 않습니다.
내 젊음은 다시 찾아오지 않겠지만
내 마음의 젊음은 내 푸른 생각으로
언제까지나 간직할 수 있기 때문입니다.

어떤 이들은
'인생에는 한때가 중요하다' 고 말합니다.
그러나 나는 그렇게 생각하지 않습니다.

삶의 한때를 통해서 보게 될 내 모습보다
평생을 통해 보게 될 모습이 더 귀하기 때문입니다.

어떤 이들은
'서둘러 과일을 따서 빨리 익혀먹자' 고 말합니다.
그러나 나는 그러지 않을 것입니다.
나는 과일을 맛있게 익게 하는 가을 햇살이
준비되어 있다는 사실을 믿기 때문입니다.

어떤 이들은
'멈추지 말고 쉼 없이 달려가라' 고 말합니다.
그러나 나는 그렇게 하지 않을 것입니다.
삶에 대한 순간의 긴장은 늦추지 않겠지만
생활 속의 자유를 소중히 여기며 충분한 휴식으로
활기찬 생활을 하고 싶기 때문입니다.

어떤 이들은
'그냥 이대로가 좋다' 고 말합니다.
그러나 나는 그렇게 말하지 않을 것입니다.

나의 삶 속에는 지금보다 훨씬 더 좋은 것들이
많이 있다고 믿기 때문입니다.

어떤 이들은
'시간이 없다' 고 말합니다.
그러나 나는 그렇게 생각하지 않습니다.
내 마음속에 확신이 가득하다면
시간은 언제라도 충분하기 때문입니다.

마사 메리 마고

나는 배우고 있습니다

다른 사람으로 하여금 나를 사랑하게 만들 수 없다는 것을
나는 배우고 있습니다.

내가 할 수 있는 일이 있다면
사랑받을 만한 사람이 되는 것뿐입니다.
사랑은 사랑하는 사람의 선택입니다.
내가 아무리 마음을 쏟아 다른 사람을 돌보아도
그들은 때로 보답도 반응도 하지 않는다는 것을.
사랑을 가슴 속에 넘치게 담고 있으면서도
나타낼 줄 모르는 사람들이 있음을
나는 배우고 있습니다.

나에게도 분노할 권리는 있으나
타인에 대해 몰인정하고 잔인하게 대할 권리는 없다는 것을
나는 배우고 있습니다.

우리가 아무리 멀리 떨어져 있어도
진정한 우정은 끊임없이 두터워진다는 것을
나는 배우고 있습니다.

그리고 사랑도 이와 같다는 것을
내가 바라는 방식대로 나를 사랑하지 않는다고 해서
나의 모든 것을 다해
당신을 사랑하지 않아도 좋다는 것이 아님을
나는 배우고 있습니다.

또 나는 배우고 있습니다.
아무리 좋은 친구라고 해도
때때로 그들이 나를 아프게 하더라도
그들을 용서해야 한다는 것을.
그리고
타인으로부터 용서를 받는 것만으로는 충분하지 못하고
내가 나 자신을 때로 용서해야 한다는 것을
나는 배우고 있습니다.

나는 배우고 있습니다.
아무리 내 마음이 아프다고 하더라도
이 세상은 내 슬픔 때문에 운행을 중단하지 않는다는 것을.

나는 배우고 있습니다.
환경이 영향을 미친다고 하더라도
내가 어떤 사람이 되는가 하는 것은
오로지 나 자신의 책임인 것을.

나는 배우고 있습니다.
신뢰를 쌓는 데는
여러 해가 걸려도 무너지는 것은 순식간이라는 것을.

나는 배우고 있습니다.
인생은 무엇을 손에 쥐고 있는가에 달린 것이 아니라
믿을 만한 사람이 누구인가에 달려있음을.

다른 사람의 최대치에 나 자신을 비교하기보다는
내 자신의 최대치에 나를 비교해야 한다는 것을
나는 배우고 있습니다.

그리고 또 나는 배우고 있습니다.
인생은 무슨 사건이 일어났는가에 달린 것이 아니라
일어난 사건에 어떻게 대처하느냐에 달려있다는 것을.

무엇을 아무리 얇게 베어낸다 해도
거기에는 언제나 양면이 있다는 것을
나는 배우고 있습니다.

나는 배우고 있습니다.
사랑하는 사람들에게는
언제나 사랑의 말을 남겨놓아야 한다는 것을.
어느 순간이
우리의 마지막 만남이 될지 아는 사람은 아무도 없습니다.

해야 할 일을 하면서도
그 결과에 대해서는 마음을 비우는 사람들이
진정한 의미에서의 영웅임을
나는 배웠습니다.

나는 배우고 있습니다.
우리들이 서로 다툰다고 해서 서로가 사랑하지 않는 게 아님을.
그리고 우리들이 서로 다투지 않는다고 해서
서로 사랑하는 게 아니라는 것도.

나는 배우고 있습니다.
밖으로 드러나는 행위보다 인간 자신이 먼저임을.

나는 배우고 있습니다.
두 사람이 한 가지 사물을 바라보면서도
보는 것은 완전히 다르다는 것을.

그리고 또 나는 배우고 있습니다.
앞과 뒤를 계산하지 않고 자신에게 정직한 사람이
결국은 우리가 살아가는 데서 앞선다는 것을.
내가 알지도 보지도 못한 사람에 의하여
내 인생의 진로가 변할 수도 있다는 것을
나는 배우고 있습니다.

나는 배우고 있습니다.
이제는 더 이상
사람들을 도울 힘이 내게 없다고 생각할 때에도
사람들이 내게 울면서 매달릴 때에는
여전히 그를 도울 힘이 나에게 남아있음을

나는 배웠습니다.
글을 쓰는 일이 대화를 하는 것과 마찬가지로
내 마음의 아픔을 덜어준다는 것을
나는 배웠습니다.

나는 배웠습니다.
내가 너무나 아끼는 사람들이 너무나 빨리
이 세상을 떠난다는 것을.

그리고 정말 나는 배우고 있습니다.
타인의 마음을 상하게 하지 않는다는 것과
나의 믿는 바를 위해 내 입장을 분명히 한다는 것
이 두 가지 일을 엄격하게 구분하는 것이 얼마나 어렵다는 것을
나는 배우고 있습니다.

나는 배우고 있습니다.
사랑하는 것과 사랑을 받는 것을….

샤를 드 푸코

그 옛 겨울의 일요일들

일요일에도 아버지는 일찍 일어나
그 검푸른 추위 속에 옷을 입고는
한 주 동안 모진 날씨에 일 하느라
갈라져 쑤시는 손으로 잿더미 속의 불을 다시 살려 놓았다.
아무도 고마워하지 않았다.

나는 잠에서 깨어 추위가 쪼개지는 소리를 들었다.
방들이 따뜻해지고 나서야 아버지는 부르셨다.
나는 느릿느릿 일어나 옷을 주워 입고
그 집의 만성적인 노여움이 두려워
그 분에게 건성으로 말을 건네고는 했다.
추위를 몰아내주고 내 좋은 구두까지 닦아놓으신
아버지에게 말이다.

내가 그때 어찌, 어찌 알았을 것인가!
사랑의 엄숙하고 외로운 사명을.

로버트 헤이든

나는 배우고 있습니다.
사랑하는 것과 사랑을 받는 것을….

당신은 어느 쪽인가

오늘날 세상에는 두 부류의 사람들이 있습니다.

죄인과 성자는 아닙니다.
좋은 이에게도 나쁜 점이, 나쁜 이에게도 착한 데가 있으니까.

부자와 가난한 자는 아닙니다.
재산을 평가하려면
그의 양심과 건강 상태를 먼저 알아야 하니까.

겸손한 사람과 거만한 사람도 아닙니다.
짧은 인생에서 잘난 척하며 사는 사람은
사람으로 칠 수 없으니까.

행복한 사람과 불행한 사람도 아닙니다.
유수 같은 세월을 살며
누구나 웃을 때도 있고 눈물 흘릴 때도 있으니까.

내가 말하는 이 세상 사람의 두 부류란
짐 덜어 주는 사람과 짐을 지우는 사람입니다.
당신은 어디를 가든 보게 될 것입니다.

세상 사람들이 늘 이 두 부류로 나뉜다는 것을.

기이한 일이지만
짐 지우는 사람이 스물이라면
짐을 덜어주는 사람은 한 사람뿐입니다.

당신은 무거운 짐을 지고 가는 이의
고달픔과 힘겨움을 덜어 주는 사람입니까?
아니면 짐을 지우는 사람입니까?
행여 남에게 당신 몫의 짐을 지우고
걱정과 근심을 끼치는 사람은 아닌지요.

엘러 휠러 윌콕스

내가 나의 생각을 다루니

나의 생각이 나를 다루니
세상에 불안함과 초조함이 끊이지를 않네.
내가 나의 생각을 다루니
세상에 불안함과 초조함이 사라지네.

나의 생각이 나를 다루니
세상에 불평과 불만이 끊이지를 않네.
내가 나의 생각을 다루니
세상에 불평할 것도 불만스러운 일도 없네.

나의 생각이 나를 다루니
세상에 욕구와 욕망이 끊이지를 않네.
내가 나의 생각을 다루니
세상에 욕구할 것도 욕망에 빠질 일도 없네.

나의 생각이 나를 다루니
세상에 시기와 질투가 끊이지를 않네.
내가 나의 생각을 다루니
세상에 시기할 것도 질투할 일도 없네.

나의 생각이 나를 다루니
세상에 거짓과 진실의 시비가 끊이지를 않네.
내가 나의 생각을 다루니
세상에 거짓과 진실의 시비가 사라지네.

나의 생각이 나를 다루니
세상의 구속과 속박의 굴레가 끊이지를 않네.
내가 나의 생각을 다루니
세상의 구속과 속박으로부터 자유로워지네.

누가 주인이 되어야 하는지 비로소 알겠네.

게이트

외톨이 삶

웃어라, 그러면 세상도 그대와 함께 웃으리라.
울어라, 그러면 그대는 홀로 울리라.
슬프게 늙어버린 이 세상 웃음은 모자라나
그 자신의 괴로움 이미 넘치고 넘친다.

노래하라, 그러면 언덕들이 응답하리라.
탄식하라, 한숨은 허공에 흩어지고 만다.
메아리들은 즐거운 소리에 춤을 추리라.
하지만 근심을 토로하면 웅크리고 말리라.

기뻐하라, 그러면 사람들이 그대를 찾으리라.
슬퍼하라, 그러면 그들은 돌아서 가버린다.
사람들은 그대의 즐거움을 한껏 원하지만
그대의 고통은 필요로 하지 않는다.

즐거워하라, 그러면 친구들이 늘어날 것이다.
슬퍼하라, 그러면 그들을 다 잃고 말 것이다.
그대가 권하는 달콤한 술은 아무도 거절하는 이 없으나
인생의 쓴잔은 그대 홀로 들이켜야 한다.

잔치하라, 그러면 그대의 방은 바글거리리라.

절식하라, 그러면 세상은 지나가고 만다.

성공하여 베풀라, 그러면 그대의 삶에 도움되리라.

하지만 아무도 그대의 죽음은 도와주지 못한다.

즐거움의 방들에는 여유가 있어

길고 위엄 있는 행렬을 들일 수 있다.

하지만 좁고 긴 고통의 통로를 통해서는

우리는 한 사람씩 한 줄로 지나갈 수밖에 없다.

엘러 휠러 윌콕스

내 집은 궁전보다 작고 허름한 오두막집이어도
호화와 사치보다 내 필요에 맞으면 그만이다.

나는 삶을 두 배로 살겠다

재산은 시기 받을 만큼 많지도
경멸 받을 만큼 적지도 않았으면 좋겠다.
명예는 위대한 업적이 아니라
오직 선량함에 의한 명예로 조금 원한다.
나쁘게 알려지느니 차라리 알려지지 않는 편이 나은 법.
소문이 무덤의 입구를 열게 할 수 있는 것이다.
친구들은 필요하지만 중요한 것은
그 수가 아니라 어떤 친구들이냐 하는 것이다.

낮에는 공적인 의무가 아니라 책이 함께하고
밤에는 죽음처럼 고요한 잠이 함께해야 한다.
내 집은 궁전보다 작고 허름한 오두막집이어도
호화와 사치보다 내 필요에 맞으면 그만이다.
내 정원은 인공이 아닌 자연의 손이 그려놓아
사방의 들판에서 호라티우스도 부러워할
즐거움을 낳는다.

그렇게 해서 나는 삶을 두 배로 살겠다.
잘 달리는 사람은 두 배로 달릴 수 있는 법.

이 참된 기쁨,

이 자연 속의 즐거움,

이 행복 속에서

나는 운명을 두려워하지도

욕심내지도 않고

내일 나의 태양이 빛을 환하게 비추든,

구름 속에 숨든 상관없이

매일 밤 담대하게 말하리라.

'나는 오늘을 살았다' 라고.

에이브러햄 카울리

유일한 보물

인간은 이상한 동물이다.

항상 모든 것을 탐험한다.

에베레스트에도 가고, 남극에도 가고, 달에도 간다.

그러나 절대로 자신의 내면으로 들어갈 생각은 하지 않는다.

그것은 인간이 앓고 있는 가장 심각한 질병이다.

인간이 탐험하지 않고 내버려두는 유일한 것은

자신의 내면세계다.

그러나 진정한 보물은 그곳에 있다.

자기 존재의 성지 속으로 들어가지 않는다면

삶은 단지 낭비일 뿐이다.

막대한 낭비다.

우리는 황금과 같은 기회를 잃어버리고 있다.

그러나 우리는

황금의 기회를 잃어버리고 있다는 사실조차 깨닫지 못하고 있다.

우리는 너무나 무의식적이어서

귀중한 것을 모두 내던져버리고 계속 쓰레기만 모은다.

그림이 오래되면 될수록 더 훌륭한 것으로 생각한다.

그러한 온갖 종류의 어리석음이 계속되고 있다.

그들은 참으로
가장 오래된 보물을 찾아다니고 있지만
모두 잘못된 방향에서 헤매고 있다.
찾을 만한 가치가 있는 유일한 보물은
자신의 본성이다.
진정한 모험은 자신의 내부로 들어가는 것이다.
일단 그것이 사명이 되면 무슨 일이 있더라도
나는 나 자신을
나의 본성을
나의 존재를 발견해야 한다.

나는 이번 삶의 기회를
놓치지 않겠다는 결심을 확고히 하고
자신의 에너지를 거기에 쏟아 붓는다면
결코 실패하지 않을 것이다.

아무도 실패한 적이 없다.
자신의 에너지를 내면의 탐구에 쏟는 사람은
누구든지 항상 그 자신을 발견해왔다.

오쇼 라즈니쉬

나에게 던진 질문

미소 짓고, 손을 건네는 행위
그 본질은 무엇일까?
반갑게 인사를 나누는 순간에도
홀로 고립되었다고 느낀 적은 없는지?

사람이 사람으로부터
알 수 없는 거리감을 느끼듯
첫 번째 심문에서 피고에게 노골적인 적의를 드러내는
엄정한 법정에 끌려나온 듯
과연 내가 타인의 속마음을 읽을 수 있을까?
책을 펼쳤을 때 활자나 삽화가 아닌
그 내용에 진정 공감하듯이
과연 내가 사람들의 진심을 헤아릴 수 있을까?

그럴 듯하게 얼버무리면서 정작 답변은 회피하고
손해라도 입을까 겁에 질려
솔직한 고백 대신 멋쩍은 농담이나 늘어놓는 주제에.
참다운 우정이 존재하지 않는
냉혹한 세상을 탓하기만 할 뿐.
우정도 사랑처럼
함께 만들어야 함을 아는지, 모르는지?

혹독한 역경 속에서
발맞춰 걷기를 단념한 이들도 있으련만.
도움의 손길을 내밀기도 전에
얼마나 많은 눈물이 메말라버렸을까?
천년만년 번영을 기약하며
공공의 의무를 강조하는 동안
단 일 분이면 충분할 순간의 눈물을
지나쳐버리지는 않았는지?

다른 이의 소중한 노력을
하찮게 여긴 적은 없었는지?
탁자 위에 놓인 유리컵 따위에는
아무도 주의를 기울이지 않는 법.
누군가의 부주의로 인해
바닥에 떨어져 산산조각 나기 전까지는.

사람에게 품고 있는 사람의 마음.
과연 생각처럼 단순하고 명확한 것이려나?

비슬라바 쉼보르스카

잡초

인디언에게는 잡초라는 말이 없습니다.
그러나 사람들은
마음에 들지 않는 풀을 잡초라고 부릅니다.
세상에 잡초라는 것은 없습니다.
존재 이유가 없는 풀은 없다는 것입니다.
모든 풀은 존중되어야 합니다.

어느 아메리카 인디언 추장의 말

비에 지지 않고 바람에도 지지 않고 혹독한 추위와 더위에도 지지 않는
튼튼한 몸을 가지고 욕심도 없고 절대 화내지 않고
언제나 조용히 미소 지으며 살고 싶네.

바람에 지지 않고

비에 지지 않고 바람에도 지지 않고
혹독한 추위와 더위에도 지지 않는
튼튼한 몸을 가지고 욕심도 없고
절대 화내지 않고 언제나 조용히 미소 지으며 살고 싶네.

하루 현미 네 홉과 된장과 나물을 조금 먹으며
모든 일에 제 이익을 생각지 말고
잘 보고 들어 깨달아 그래서 잊지 않고
들판 소나무 숲속 그늘에 조그만 초가지붕 오두막에 살고 싶네.

동쪽에 병든 어린이가 있으면 찾아가서 간호해 주고
서쪽에 고달픈 어머니가 있으면 가서 그의 볏단을 대신 져 주고
남쪽에 죽어가는 사람 있으면 가서 무서워 말라고 위로하고
북쪽에 싸움과 소송이 있으면 쓸데없는 짓이니 그만두라 하며
살고 싶네.

가뭄이 들면 눈물을 흘리고
추운 겨울에는 허둥대며 걷고
누구한테나 바보라 불려지고

칭찬도 듣지 말고 괴로움도 끼치지 않는

그런 사람이 나는 되고 싶네.

미야자와 겐지

한 가지 기술

잃어버리는 기술을 숙달하기란 어렵지 않다.
많은 것들이 상실될 의지를 가득 품고 있어서
그것들을 잃는다고 하여 재앙은 아니다.

매일 무언가를 잃도록 하라.
열쇠를 잃어버리거나 시간을 허비해도
그 낭패감을 잘 받아들여라.
잃어버리는 기술을 숙달하기는 어렵지 않다.

그리고는 더 많이, 더 빨리 잃는 법을 익혀라.
장소든, 이름이든, 여행하려 했던 곳이든 상관 없다.
그런 것은 아무리 잃어도 재앙이 아니다.

난 어머니의 시계를 잃었다.
또 보라! 좋아했던 세 집에서의 상실감.
마지막이라 여겼던 다음에도 또 집을 잃었다.
잃는 기술을 숙달하기는 어렵지 않다.

난 아름다운 두 도시를 잃었다.
더 넓게는 내가 소유했던 얼마간의 대지와 두 강과 하나의 대륙을.

그것들이 그립지만 그렇다고 재앙은 아니었다.

당신을 잃어도 결코 거짓말은 못할 것 같다.
분명 잃는 기술을 숙달하기란 별로 어렵지 않다.
그것이 재앙처럼 보이기는 해도.

엘리자베스 비숍

사람에게 묻는다

땅에게 묻는다.
땅은 땅과 어떻게 사는가?
'우리는 서로 존경한다.'

물에게 묻는다.
물과 물은 어떻게 사는가?
'우리는 서로 채워준다.'

풀에게 묻는다.
풀은 풀과 어떻게 사는가?
'우리는 서로 짜이고 얽혀 지평선을 만든다.'

사람에게 묻는다.
사람은 사람과 어떻게 사는가?

사람에게 묻는다.
사람은 사람과 어떻게 사는가?

사람에게 묻는다.
사람은 사람과 어떻게 사는가?

휴틴

그럼에도 불구하고

사람들은 때로 분별이 없고
비논리적이고 자기중심적이다.
그럼에도 불구하고 그들을 사랑하라.

당신이 선을 행할 때도 사람들은
이기적인 의도가 숨겨져 있을 거라고 비난할 것이다.
그럼에도 불구하고 선을 행하라.

당신이 좋은 결과를 얻었을 때
거짓 친구와 철저한 적을 얻을 것이다.
그럼에도 불구하고 성공하라.

당신이 오늘 행한 좋은 일은
내일이면 잊힐 것이다.
그럼에도 불구하고 좋은 일을 하라.

당신의 솔직함과 정직으로 인해
상처받을 수 있다.
그럼에도 불구하고 솔직하고 정직하라.

가장 위대한 이상을 품은 훌륭한 사람도
가장 악랄한 소인배에 의해 쓰러질 수 있다.
그럼에도 불구하고 위대한 꿈을 품어라.

사람들은 약자에게 동정을 베풀면서도
강자만을 따른다.
그럼에도 불구하고 소수의 약자를 위해 싸워라.

당신이 몇 년에 걸쳐 공들여 쌓은 것을
누군가 하루 밤새 무너뜨릴지도 모른다.
그럼에도 불구하고 무언가 쌓고 이뤄라.

사람들은 진정으로 도움을 원하지만
막상 도움을 주어도 고마워하지 않을 수 있다.
그럼에도 불구하고 그들을 도와라.

당신이 할 수 있는 최상의 것을 내주어도
세상의 비난을 받을 수 있다.
그럼에도 불구하고 당신이 할 수 있는 한 최선을 다하라.

켄트 M. 키스
인도 캘커타의 마더 테레사 본부에는 이 시가 붙어 있다. 간혹 테레사 수녀의 시로 잘못 알고 있는 이들도 있지만 이 시는 미국 시인 켄트 M. 키스가 나름대로 생각한 바를 압축해둔 일종의 계명이다. 시의 내용을 가감 없이 원본에 충실하였다.

당당한 내가 좋다

다른 사람에게 멋지게 보이려고 노력하는 것보다
내 자신의 눈에 만족스러운 나를 찾는 데
시간을 쓰는 것이 훨씬 가치 있다.
이것이야말로 내가
실질적으로 조율할 수 있는 부분이기도 하고
가장 소중한 일이다.

자신에게 너그러워진다는 것은 간단히 말해서
같은 실수를 놓고
자신을 반복해서 벌하지 않는 것이다.
이미 저지른 일을 후회하여 그것에 집착하거나
자기가 가진 문제 때문에
스스로를 미워하기 시작하면
그 문제를 극복하기가 더욱 힘들어진다.

어느 인디언 노인은
내면의 싸움을 이렇게 표현했다.
'내 안에는 개 두 마리가 있소.
한 마리는 고약하고 못된 놈이고,
다른 한 마리는 착한 놈이오.

못된 놈은 착한 놈에게 늘 싸움을 걸지요.'

어떤 개가 이기냐고 묻자

노인은 잠시 생각하더니 대답했다.

'내가 먹이를 더 많이 준 놈이오.'

킴벌리 커버거

당신은 조롱 받고 거부당하는 것을 두려워하지 않고
다른 사람들에게 '사랑합니다'라고 말할 수 있다.
그러면 당신은 지옥 한복판에서도
내적인 평화와 행복을 느낄 수 있다.

하나를 잃으면 하나를 얻고

하늘이 장차 그 사람에게
큰 사명을 내리려고 할 때는
반드시 먼저 그의 마음을 괴롭게 하고
뼈와 힘줄을 힘들게 하며
육체를 굶주리게 하고
그에게 아무것도 없게 하여
그가 하고자 하는 모든 것과 어긋나게 한다.
그리하여 그의 마음을 격동시키고
성질을 참게 함으로써
그가 할 수 없었던 일을
더 많이 할 수 있게 하기 위함이다.

《맹자》의 〈고자장구〉 중에서

아무것도 자신과 관련시켜 받아들이지 말라

아무것도 자신과 관련시켜 받아들이지 않는
습관이 완전히 몸에 배면
당신은 감정이 상하는 일도
자신과 관련시켜 받아들이지 않고
분노, 질투, 시기심이 사라지고
슬픔조차도 자취를 감출 것이다.

세상 전체가 당신에 대해 수군거린다 하더라도
당신이 그것을 자신과 관련시켜 받아들이지 않으면
당신은 거기에서 벗어나 안전하다.

누군가 일부러 당신에게 감정의 독을 발산하더라도
당신이 그것을 당신과 무관한 문제로 취급하고
신경 쓰지 않는다면
당신은 그 독을 먹지 않게 된다.
그 독은 당신의 내부로 들어오지 못한다.

아무것도 자신과 관련시켜 받아들이지 말라.
이 약속을 종이에 적어 늘 되새기라.
이 약속을 지키기만 하면

활짝 열린 마음으로 온 세상을 여행할 수 있으며
아무도 당신을 다치게 할 수 없다.

당신은 조롱 받고 거부당하는 것을 두려워하지 않고
다른 사람들에게 '사랑합니다' 라고 말할 수 있다.
그러면 당신은 지옥 한복판에서도
내적인 평화와 행복을 느낄 수 있다.

돈 미겔 루이스

가장 작은 믿음의 씨앗

가장 작은 믿음의 씨앗이라도
가장 큰 행복의 열매보다 낫습니다.

의심이 산을 만들지라도
믿음은 그 산을 움직일 수 있습니다.

믿음은 우리에게
현실을 자신 있게 헤쳐 나가고
미래를 예견할 수 있는 용기를 줍니다.

인생은 살 만한 가치가 있다고 믿어야 합니다.
그러면 당신의 믿음은 사실이 될 것입니다.

믿음은 우리가 볼 수 있는 것보다
더 멀리 갈 수 있는 정신적인 힘입니다.

믿음이 없는 삶이란
안개 속을 운전하는 것과 같습니다.

믿음은 증거가 있는 것이 아닙니다.

믿음이란

의심하지 않고 신뢰할 때 생겨납니다.

메리 크리소리오

그의 시에서

은혜와 자비로움에는 해처럼
어리석음을 눈감아 줄 때는 밤처럼
너그러울 때는 흐르는 물처럼
고통과 분노에는 죽음처럼
겸손함에는 지구처럼
자기 자신 그대로
그대로의 자신을 보여줘라.

오직 목마름이 물을 찾지 않으며
그 물도 목마른 누군가를 찾는다.

땅의 너그러움은 거름을 자라게 한다.
땅과 더 같아지도록 노력해야 한다.

목소리가 아닌 말을 키워라.
꽃을 자라게 하는 것은 천둥이 아니라 비다.

만약 목이 말라 물을 마신다면
컵 안에 하느님이 있는 것을 볼 것이다.

하느님을 사랑하지 않는 사람들에게는
오직 자신들의 얼굴만 보인다.

생각을 내려놓고 잠을 청하라.
마음속의 달에게 그늘이 지지 않도록 하라.
생각을 멈춰라.

당신이 힘든 시기를 보내고 있을 때
모든 것들이 당신을 등지고 있는 것처럼 보여질 때
단 일 분도 참지 못할 것처럼 느껴질 때
절대 포기하지 마라.

터키의 어느 수피교도 현인

언제까지나 우리 곁에 있기를

아침잠을 깨우는 수다스러운 새들
언제까지나 우리 곁에 있기를
못생긴 언덕에 핀 끈적끈적한 꽈리꽃
언제까지나 우리 곁에 있기를
일찍부터 웃자란 맛이 쓴 상추
언제까지나 우리 곁에 있기를
여름밤에 거리에서 들리는 음악소리
언제까지나 우리 곁에 있기를
눈 속에서 해변에서 계단에서 지붕에서
들려오는 아이들의 웃음소리
언제까지나 우리 곁에 있기를
막 태어난 갓난아기의 우렁찬 울음소리
언제까지나 우리 곁에 있기를
거대한 열대우림의 침묵
오지에 사는 사람들의 소박하고 단순한 생활
언제까지나 우리 곁에 있기를
푸른 바다에서 꿈틀대는 거대한 고래들의 짝짓기
언제까지나 우리 곁에 있기를
물을 튀기는 바닷새들의 서투른 날갯짓
언제까지나 우리 곁에 있기를
우주 공간의 수많은 별들을 바라보는

경이로움으로 가득 찬 인간의 눈동자

언제까지나 우리 곁에 있기를

산꼭대기에 얹힌 순결한 눈

노인의 강렬한 눈빛

언제까지나 우리 곁에 있기를

아침에 하는 사랑, 낮에 하는 사랑

저녁 귀뚜라미 울음소리를 들으며 하는 사랑

언제까지나 우리 곁에 있기를

고원지대의 저녁 안개 속에

창가에서 불가에서 나누는 긴 이야기

언제까지나 우리 곁에 있기를

짝짓기 하는 하마와 기린의 신음소리

서로를 애무하는 사자들의 장난

담장 너머에서 들리는 고양이 울음소리

언제까지나 우리 곁에 있기를

죄지은 정치인들 없이 감옥 없이

죽음을 재촉하는 약과 병원과 전염병 없이

그것들이 언제까지나 우리 곁에 있기를

정신병원 없이 나라들 간의 다툼 없이

그것들이 언제까지나 우리 곁에 있기를!

다이앤 디 프리마

어둠 속에서는 차라리 눈을 감고

앞이 보이지 않을 때는 가만히 눈을 감고
어둠 속에서 길을 찾는 것이 좋습니다.
어둠을 볼 수 있게 하는 것은
더 깊은 어둠이니까.

《채근담》 중에서

믿음은 우리에게 현실을 자신 있게 헤쳐 나가고
미래를 예견할 수 있는 용기를 줍니다.

내가 알고 있는 것

내가 무엇을 행하고 있는지
나는 알고 있는 것인가.
내가 나를 소유하는 순간은
숨을 들이마시는 동안
내가 알고 있는 것은
다음에 무엇을 쓸지 연필이 알고 있는 정도
또는 다음에 어디로 갈지
그 연필심이 짐작하는 정도

잘랄루딘 루미

나는 지금 어디로 가고 있는가

여섯 살 때 나는
내가 일곱 살을 향해서 가고 있다고 생각했다.
일곱 살이 되자 나는 언제나 학교를 향해서 가고 있었으며,
그것은 보다 나은 인간이 되기 위해서였다.
그러나 보다 나은 인간이 되었다기보다는
나는 현실적이고 영리한 인간이 되었다.

학교를 졸업한 뒤
나는 늘 성공을 향해서,
행복한 미래를 향해서 달려가고 있었다.
그런데 이제 나이 쉰 살이 되고 보니,
때로 나는 내 자신이 무덤을 향해서 가고 있다는
참담한 느낌을 떨쳐버릴 수가 없다.

인생을 살아오면서 나는 매 순간마다
내 자신에게 이렇게 묻는 것을 잊고 있었던 것이다.
나는 지금 어디로 가고 있는가?

스와미 묵타난다

스스로 강해지기 위하여

내 안의 불완전한 사람에게 물었다.
네가 건너려는 이 강에 대해서.
배를 타는 사람도,
배가 다니는 길도 없다.
저 강둑에 쉬고 있는 사람들을 보았는가.
강도 배도 사공도 없다.
배를 끌 줄도, 그 줄을 당길 사람도 없고
땅도, 하늘도, 시간도, 강둑도, 여울도 없다.

몸도 없고 마음조차 없는데
목마른 영혼 달래 줄 곳이 있다고 믿는가?
아무것도 찾을 수 없는 이 커다란 결핍!

스스로 강해지게.
자기 마음속으로 들어가게.
자기 발이 굳게 딛고 선 튼튼한 곳이 있을 거야.
잘 생각해 보게.
다른 곳으로 떠나지 말게.
모든 쓸데없는 생각들을 버리게.
네가 있는 곳에서 굳건히 일어서게.

카비르

물 위에 떠있는 연꽃처럼

세상 속에 살지만
그 위에 있어라.
강에 뿌리를 내리고 있지만
물 위에 떠있는 연꽃처럼.

세상을 즐겨라.
세상이 그대를 즐기도록 하지 말라.
그대 스스로가 세상을 즐겨라.

자신이 버렸다고 생각하지만
마음 한 구석에 남은 집착 때문에
마음이 불편하다면
그것 또한 마음속에 사념을 불러일으킬 것이다.

더글라스 보이드

세상을 즐겨라
세상이 그대를
즐기도록 하지 말라
그대 스스로가
세상을 즐겨라

유트족의 기도

풀잎들이 햇빛 아래 고요히 있듯이
대지는 내게 침묵을 가르쳐준다.
오래된 돌들이 기억으로 고통 받듯이
대지는 내게 소통을 가르쳐준다.
꽃들이 처음부터 겸허하게 피어나듯이
대지는 내게 겸허함을 가르쳐준다.
어미가 어린 것들을 안전하게 돌보듯이
대지는 내게 보살핌을 가르쳐준다.
나무가 비바람 속에 홀로 서 있듯이
대지는 내게 용기를 가르쳐준다.
땅 위를 쉼 없이 기어가는 개미들처럼
대지는 내게 한계를 가르쳐준다.
가을이면 떨어져 생을 마감하는 나뭇잎처럼
대지는 내게 떠남을 가르쳐준다.
봄이면 다시 싹을 틔우는 씨앗처럼
대지는 내게 생명을 가르쳐준다.
눈이 녹으면 자신을 버리듯이
대지는 내게 자신을 내려놓는 법을 가르쳐준다.
마른 평원이 비에 젖듯이
대지는 내게 친절을 기억하는 법을 가르쳐준다.

아메리카 인디언 유트족의 기도

절벽

나를 절벽 가까이로 부르셔서 다가갔습니다.
절벽 끝으로 가까이 오라고 하셔서 더 다가갔습니다.
절벽에 겨우 발붙이고 서 있는 나를
그 아래로 밀어버리셨습니다.
나는 절벽 아래로 떨어졌습니다.

그때서야 나는
내가 날 수 있다는 사실을 알았습니다.

로버트 쉴러

등짐

축사 문이 안으로 당겨야 열리게끔 되어 있다면
말이나 소 같은 동물은 절대 나가지 못한다.
문의 원리를 몰라서 굶어죽게 된다 해도 꼼짝 못한다.

목표를 이루기 위해
때로는 원치 않는 일도 해야 한다는 사실을
이해하는 존재는 인간뿐이다.

인간에게는 지적 능력이라는 귀하고 중요한 능력이 있다.
우리는 그 능력을 키우고 발전시켜야 한다.

사고하는 방식에 따라 우리는
삶에서 마주치는 모든 것을 설명한다.
이런 사고가 잘못되어 있다면
가장 명백한 진실도 빛이 바랠 수밖에 없다.
마치 달팽이처럼 자신의 낡은 생각과 관점을
등에 지고 다니는 이들이 많다.

톨스토이

성숙

주변을 둘러보라.
저녁은 끝이 아니다.
아침이 시작이 아닌 것처럼 말이다.
아침은 저녁을 향해 나아가고
저녁은 아침을 향해 나아간다.

이렇게 모든 것은
끊임없이 돌고 돈다.

오쇼 라즈니쉬

그대 삶이 아무리 남루하다 해도

그대 삶이 아무리 남루하다 해도
그것을 똑바로 받아들여 살아가라.
결코 피하거나 욕하지 말라.
부족한 것을 들추는 이는 천국에서도 마찬가지다.
가난하더라도 그대의 생활을 사랑하라.
그러다 보면 가난한 집에서도 즐겁고 마음 설레는
빛나는 시간을 갖게 되리라.
햇빛은 부자의 저택에서와 마찬가지로
가난한 집의 창가에도 비친다.
봄이 오면
그 문턱 앞에 쌓인 눈 역시 녹는다.

헨리 데이빗 소로우

그물에 걸리지 않는 바람같이

욕망은 실로 그 빛깔이 곱고 감미로우나
이것이 내게는 재앙이고 종기이고
화이며 질병이며 화살이고 공포일지니
모든 번뇌의 매듭을 끊어버리고
소리에 놀라지 않는 사자같이
그물에 걸리지 않는 바람같이
흙탕물에 젖지 않는 연꽃같이
무소의 뿔처럼 홀로 가거라.

《숫타니파타》 중에서

나이 드는 법

젊게 사는 것은 쉽다.
쉽지 않은 것은 나이 드는 일
그 일에는 시간이 걸린다.
젊음은 주어지고
나이 듦은 성취되는 것
나이 들기 위해
시간과 하나가 되려면 마술을 부려야 한다.

젊음은 주어진다.
옷장 속에 인형을 넣어두듯
우리는 그걸 치워 두었다가
휴일 같은 때만 꺼내 가지고 놀아야 한다.
옷을 많이 모아 두었다가
흠잡을 데 없이 인형에게 입혀야 한다.
(인형을 자랑하기 위해서가 아니라 감추기 위해)

그 인형을 사랑할 필요가 있다.
일상의 어둠 속에서 그걸 기억하기 위해서.
날마다 거울 속에서 늙어가는 얼굴을 축하하기 위해서.

머지않아 우리는 몹시 늙어버리고
우리 삶은 마무리될 것이다.
그리고 머지않아 인형도….
오래 되었지만 새 것처럼….
발견되리라.

메이 스웬슨

삶을 바꿀 수 있는 힘

우리는 종종 나를 무시합니다.
나를 남과 비교해 내가 가지지 못한 것을 찾아냅니다.
그런 다음 나를 깔보기도 하고
나를 질책하기도 하고 나를 못난이 취급합니다.

때로는 나의 능력을 과소평가해
시도해보지도 않고 포기하는 경우가 허다합니다.

쉽게 화를 내고 쉽게 흥분하면서
망가져 가는 나를 발견하게 됩니다.

삶을 바꿀 수 있는 힘은 내 안에 있는데
내 안에는 상상할 수조차 없는
많은 힘이 내재해 있는데
정작 내 안에 있는 것들은 살펴보지도 않고
남의 것에 눈을 돌립니다.

오늘 한번 내 안에 있는 것들을 살펴보십시오.
내 속에 무엇이 감춰져 있나
내가 무엇을 희망하고 있나.

틱낫한

젊음은 주어지고 나이 듦은 성취되는 것
나이 들기 위해 시간과 하나가 되려면 마술을 부려야 한다.

인생

인생은 한낮 꿈이라고 하지만
현인들 말처럼
그렇게 허무한 것만도 아니다.
아침에 흩뿌린 비는
화창한 하루를 열어주고
아무리 어두운 구름도
시간이 지나면 사라지게 마련이다.

가끔 흐린 날이라 해도 종일 계속되지는 않는다.
비가 내려 장미꽃이 핀다면
왜 비가 내린다고 슬퍼하겠는가.
인생의 좋은 날들은 빠르게,
그리고 즐겁게 지나간다.
고마운 마음으로 기분 좋게 그 시간을 즐겨라.

가끔 죽음이 찾아들어
우리의 좋은 이들을 데려간다 한들 어떠리.
슬픔이 우리를 이겨
희망을 송두리째 빼앗아간들 어떠랴.

여전히 희망은 쓰러지지 않을 것이다.

그 금빛 날개 여전히 강하여

우리를 견딜 수 있게 해준다.

씩씩하게, 두려움 없이, 시련의 날들을.

마침내 용기가 절망을 이겨낼 수 있게 해준다.

영광스럽게

의기양양하게.

샬롯 브론테

아름다움이 머무는 곳

우리는 질문하다가 사라진다.

어디에서 도마뱀은
꼬리에 덧칠할 물감을 사는 것일까
어디에서 소금은
그 투명한 몸을 얻는 것일까
어디에서 석탄은 잠들었다가
검은 얼굴로 깨어나는가
갓 태어난 꿀벌은 언제
꿀의 향기를 맨 처음 맡을까
소나무는 언제
자신의 향기를 퍼뜨리기로 결심했을까
오렌지는 언제
태양과 같은 믿음을 배웠을까
연기들은 언제
공중을 나는 법을 배웠을까
뿌리들은 언제 서로 이야기를 나눌까
별들은 어떻게 물을 구할까
전갈은 어떻게 독을 품게 되었고
거북이는 무엇을 생각하고 있을까

그늘이 사라지는 곳은 어디일까
빗방울이 부르는 노래는 무슨 곡일까
새들은 어디에서 마지막 날개를 접을까
왜 나뭇잎은 푸른색일까

우리가 아는 것은 한 줌 먼지만도 못하고
짐작하는 것만이 산더미 같다.
그토록 열심히 배우건만
우리는 단지 질문하다 사라질 뿐.

파블로 네루다

작은 풀들이 하는 말을 들었다.
겸손 하라. 단순 하라. 작은 것들의 아름다움에 귀를 기울여라.

누가 인생을

인생이 무엇인지 올바르게 이해할 사람 있으랴?
반생을 헛되이 보내지 않은 사람 누구인가?
꿈속과 열병에서, 어리석은 자들과 허튼말을 나누며
사랑과 번민에서, 허황한 시간을 낭비하며.
그렇다. 하물며 조용하고 태연하게
그대로의 의식을 갖고 태어나
일찍 인생의 갈 길을 정한 사람도
인생의 모순 앞에 아연하지 않을 수 없다.

누구나 행복의 미소가 자기에게 있기를 바라지만
실제 행복이 찾아와 그것을 갖는다는 것은
인간이 할 수 없고 차라리 신의 일이리라.
그러니 결코 행복은 오지 않는 것
우리가 소망하며 모험할 뿐이다.

행복은 지붕 위에서 잠자는 사람에게
결코 다가오지 않으며
뛰는 사람도 따라잡지 못하리라.

플라텐

고서점

고서점이 재미있는 것은 정리되어 있는 듯하면서
정리되어 있지 않다는 점입니다.
생각지도 않았던 곳에
전혀 관계없는 책이 끼여 있고는 합니다.

당신의 매력도 마찬가지입니다.
어느 날 갑자기
당신답지 않은 실수가 문득 보일 때
사람들은 당신에게 인간적인 매력을 느낍니다.

고서점의 책장이든 사람이든 지나치게 깔끔하면
운치가 없는 법입니다.
가끔씩 멋쩍은 실수도 하면서
매력 있는 인생의 책장을 만들어 갑시다.

나카타니 아키히로

친구가 아닌 사람은 없다

땅 끝까지 갔어도
바다 저 너머까지 갔어도
하늘 끝까지 갔어도
산 너머까지 갔어도
친구가 아닌 사람을 만난 적이 없다.

아메리카 인디언 나바호족의 잠언

나는 들었다

나무가 하는 말을 들었다.
우뚝 서서 세상에 몸을 맡겨라.
너그럽고 굽힐 줄 알아라.

하늘이 하는 말을 들었다.
마음을 열어라.
경계와 담장을 허물고 날아보라.

태양이 하는 말을 들었다.
다른 이들을 돌아보라.
너의 따스함을 다른 사람과 나누어라.

냇물이 하는 말을 들었다.
느긋하게 흐름을 따라가라.
쉬지 말고 움직여라.
머뭇거리거나 두려워하지 마라.

작은 풀들이 하는 말을 들었다.
겸손 하라. 단순 하라.
작은 것들의 아름다움에 귀를 기울여라.

척 로퍼

땅 끝까지 갔어도 바다 저 너머까지 갔어도
하늘 끝까지 갔어도 산 너머까지 갔어도
친구가 아닌 사람을 만난 적이 없다.

인생이란

인생이란 황금그릇에 채워질 수도 있고,
질그릇에 담겨질 수도 있는 것이다.
그것이 황금그릇에 담겨져 있다고 해서
더욱 가치가 있는 것도 아니며
질그릇에 담겨져 있다고 해서
보잘것없는 것도 아니다.

본질은 변하지 않는다.
만일 어떤 사람이
'인생은 참으로 아름다운 것.
나는 이것을 담을 아름다운 그릇이 되리라' 고 한다면
그 사람은 삶에 매혹된 사람인 것이다.

하지만 만일
그의 오직 하나뿐인 항아리를
단지 황금이 아니라는 이유로
땅에 내던져 깨뜨려 버리고

안에 든 것들을 몽땅 쏟아 버린다면

그는 이미 삶의 아름다움을 잃어버린 사람이다.

환경은 삶의 가치와는 아무런 관계가 없다.

펄벅

사무라이 노래

지붕이 없을 때
난 담대함을 지붕으로 삼았다.
저녁거리가 없을 때
난 눈으로 식사했다.
눈이 없을 때
난 귀 기울였다.
귀가 없을 때
난 생각했다.
생각이 없을 때
난 기다렸다.
아버지가 없을 때
난 염려를 아버지로 삼았다.
어머니가 없을 때
난 세상 윤리를 껴안았다.
친구가 없을 때
난 평온을 친구로 삼았다.
적이 없을 때
난 나의 몸에 대항했다.
사원이 없을 때
내 목소리를 사원으로 삼았다.

사제가 없으니
나의 혀가 나의 찬양단이다.
재산이 없을 때
내게는 운이 재산이다.
가진 것 하나 없으니
내 운은 죽음이 아닐는지.

필요는 내 전술
나의 전략은 초연함이다.
사랑해 줄 사람 없을 때
나는 잠에 구애했다.

로버트 핀스키

베를린 천사의 시

아이가 아이였을 때
팔을 휘저으며 다녔다.
시냇물은 하천이 되고
하천은 강이 되고
강도 바다가 된다고 생각했다.

아이가 아이였을 때 자신이 아이라는 걸 모르고
완벽한 인생을 살고 있다고 생각했다.
아이가 아이였을 때
세상에 대한 주관도, 습관도 없었다.

책상다리를 하기도 하고 뛰어다니기도 하고,
사진 찍을 때도 억지 표정을 짓지 않았다.
아이가 아이였을 때 질문의 연속이었다.
왜 나는 나이고 네가 아닐까?
왜 난 여기에 있고 저기에는 없을까?
시간은 언제 시작되었고 우주의 끝은 어디일까?
태양 아래 살고 있는 것이
내가 보고 듣는 모든 것이
모였다 흩어지는 구름조각은 아닐까?

악마는 존재하는지

악마인 사람이 정말 있는 것인지

내가 내가 되기 전에는 대체 무엇이었을까?

지금의 나는 어떻게 나일까?

과거에는 존재하지 않았고 미래에도 존재하지 않는

다만 나일뿐인데 그것이 나일 수 있을까….

아이가 아이였을 때

시금치와 콩, 양배추를 억지로 삼켰다.

그리고 지금은 아무렇지도 않게 모든 것을 잘 먹는다.

아이가 아이였을 때

낯선 침대에서 잠을 깼다.

그리고 지금은 항상 그렇다.

옛날에는 인간이 아름답게 보였지만

지금은 그렇지가 않다.

옛날에는 천국이 확실하게 보였지만

지금은 상상만 한다.

허무 따위는 생각 안 했지만

지금은 허무에 눌려 있다.

아이가 아이였을 때

아이는 놀이에 열중했다.

하지만 지금에 와서 열중하는 것은 일에 쫓길 때뿐이다.

아이가 아이였을 때

사과와 빵만 먹고도 충분했다.

지금도 마찬가지다.

아이가 아이였을 때 딸기만 손에 꼭 쥐었다.

지금도 그렇다.

덜 익은 호두를 먹으면

떫떠름했는데 지금도 그렇다.

산에 오를 때는 더 높은 산을 동경했고

도시에 갈 때는 더 큰 도시를 동경했는데 지금도 역시 그렇다.

버찌를 따러 높은 나무에 오르면 기분이 좋았는데 지금도 그렇다.

어릴 때는 낯을 가렸는데 지금도 그렇다.

항상 첫눈을 기다렸는데 지금도 그렇다.

아이가 아이였을 때 막대기를 창 삼아서 나무에 던지고는 했는데

창은 아직도 꽂혀 있다.

영화 〈베를린 천사의 시〉 도입부

마음을 평화롭게 가져라.
그러면 그대의 표정도 평화로워질 것이다.

몸이 굽으니 그림자도 굽다

몸이 굽으니 그림자도 굽은데
어찌 그림자 굽은 것을 한탄할 것인가.

나 이외에 아무도
나의 불행을 치료해 줄 사람은 없다.

불행은 내 마음이 만드는 것과 같이
내 자신이 치료할 수 있는 것이다.

마음을 평화롭게 가져라.
그러면 그대의 표정도 평화로워질 것이다.

파스칼

무엇이든 최고가 되어라

언덕 위의 소나무가 될 수 없다면
골짜기의 관목이 되어라. 그러나
시냇가의 제일 좋은 관목이 되어라.
나무가 될 수 없다면 덤불이 되어라.
덤불이 될 수 없다면 풀 한포기가 되어라.
그래서 어떤 고속도로를 더욱 즐겁게 만들어라.
고속도로가 될 수 없다면 오솔길이 되어라.
태양이 될 수 없다면 별이 되어라.
모두가 다 선장이 될 수 없고 선원도 있어야 한다.
누구에게나 여기서 할 일은 있다.
내가 이기고 지는 것은 크기에 달려있지 않다.
무엇이든 최고가 되어라.

더글러스 맬록

우리에게 필요한 모든 것

속을 든든하게 해줄 음식
해를 가릴 챙 넓은 모자
갈증을 풀어줄 시원한 물
따뜻한 밤을 위한 담요 한 장
세상을 가르쳐줄 선생님
발을 감싸줄 튼튼한 신발
몸에 잘 맞는 바지와 셔츠
포근한 보금자리와 작은 난로

우리를 사랑하는 사람들
우리가 사랑하는 사람들
내일을 위한 희망
마음을 밝혀줄 등불 하나.

스티브 터너

인생의 수면(水面)

어떠한 인생의 과정도
거침없이 조용하게 흐르는 일이란 없다.

둑에 부딪치고, 우회하고,
혹은 자기의 맑은 수면에
돌을 던지는 사람도 있는 것이다.

누구든 인생에는 늘 어떤 일이 일어나는 것이다.

그럴 때 우리가 마음을 써야 할 것은
자기 인생의 수면을 다시 맑게 하여
하늘과 땅이 거기에 비치도록 하는 일이다.

디이트리히 본회퍼 《옥중서간(獄中書簡)》 중에서

당신의 발로 서십시오

남을 나무라지 마십시오.
신을 비난하지 마십시오.
세상의 그 어떤 것도 비난하지 마십시오.
다만 자신이 괴로워하고 있는 것을 발견했을 때
자신을 비난하십시오.
그리고 보다 착하게 살려고 노력하십시오.
이것이 문제의 유일한 해결책입니다.

타인을 나무라는 사람들이 점점 늘고 있습니다.
스스로의 잘못임에도 불구하고
타인을 나무라고 있습니다.
그러나 이러한 나무람은
타인을 절대로 바꾸지 못합니다.
아무튼 어느 누구에게도 도움이 되지 않습니다.
타인에게 잘못을 돌리려는 것은
단지 자신을 더욱더 약하게 할 뿐입니다.
따라서 아무에게도 나무라지 마십시오.

당신의 발로 서십시오.
모든 책임을 스스로 짊어지십시오.
내가 받고 있는 고통은 내가 저지른 것입니다.

일어서십시오.

대담해지십시오.

강해지십시오.

모든 책임을 당신의 어깨에 짊어지십시오.

그리고 당신이

자기 운명의 창조주라는 것을 아십시오.

당신이 필요로 하는 모든 힘과 도움은

모두 당신 자신 속에 있습니다.

그렇기 때문에 자신의 운명은

자신이 만들어야 합니다.

무한한 미래는 각자가 하기 나름입니다.

그래서 모든 말과 생각, 행동을

항상 염두에 두지 않으면 안 됩니다.

나쁜 생각과 행동은

언제든 당신에게 달려들 준비가 되어 있습니다.

그러므로 우리는 항상 우리 자신을

지킬 준비가 되어 있어야만 합니다.

항상 믿음직스러운 희망이 곁에 있음을 잊지 말아야 합니다.

비베카난다

모든 것이 나쁠 때도 웃어라. 좋은 것을 바라보라.
웃음과 울음 사이에서 선택을 해야 한다면 웃음을 선택하라.

나이를 먹으면

내가 젊고 담대하고 강했을 때는
옳은 것은 옳은 것이고,
잘못된 것은 잘못된 것이었다.
나는 깃털장식 세우고 깃발 날리며
세상을 바로 잡으러 달려 나갔다.
'나와라, 싸우자!' 고 소리쳤다.
한 번 죽지 두 번 죽느냐면서 분해 울었다.

그러나 이제는 나이가 들었다.
선과 악이 종잡을 수 없이 얽혀있어
앉아서 나는 말한다.
"세상이란 원래 그래.
그냥 흘러가는 대로 두는 게 현명해.
지기도 하고 이기기도 하는 거야.
이기고 지는 게 별 차이가 없단다. 애야!"

무력증이 진행되어 나를 갉아먹는다.
그것이 바로 사람들이 철학이라 부르는 것이다.

도로시 파커

어머니가 주는 교훈

네가 어른이 되거든
남자를 만드는 것은 야망이라는 점을 기억하여라.
싸우러 나가거든 조금 가다가 돌아서지 말고
갈 수 있는 데까지 계속 간 다음에 돌아와라.
네가 어른이 된 것을 볼 때까지 내가 산다면
나는 네가 위대한 사람이 되기를 원한다.
나는 네가 우리가 겪어온 험난한 시절을 생각해 보기를 원한다.
우리는 가난했었고
사람들이 우리를 불쌍히 여겼기 때문이다.
네가 어른이 되어 싸우러 나가는 것을 보게 된다면
네가 전쟁 중에 죽었다는 소식을 듣는다 해도
나는 울지 않을 것이다.
용감하게 싸우는 것
그것이 바로 남자가 되게 하는 길이기 때문이다.
네 친구를 사랑하고 결코 그를 버리지 말라.
적이 그를 포위한 것을 보면 도망치지 말고 그에게로 가라.
만일 네가 그를 구할 수 없다면
같이 죽어서 너희들의 뼈가 나란히 묻히게 하라.

어느 아메리카 인디언 추장이 어머니에게 받은 교훈

한 번에 하루치의 삶을 살아라

시간을 내어 돌을 들춰보고
그 아래서 살아가는 생명체들을 관찰하라.
그런 다음 돌을 제 위치로 돌려놓아라.

계절의 바뀜, 날씨의 변화를 느껴라.
모든 기회마다 삶을 소중히 여겨라.
미지의 것을 받아들여
마치 새 담요로 몸을 감싸듯
그것으로 자신을 감싸라.

모든 것이 나쁠 때도 웃어라.
좋은 것을 바라보라.
웃음과 울음 사이에서 선택을 해야 한다면
웃음을 선택하라.

하지만 울음 역시 자연스럽고 건강한 것이다.
다른 길을 걷는 사람들을 존중하라.
한 번에 하루치의 삶을 살아라.
그럼으로써 모든 날들을 잘 활용하라.

〈인디언 방식으로 세상을 사는 법〉 중에서

자연은

숲으로 들어가는 입구에서
놀란 세상 사람들은
크고 작음, 현명함과 어리석음에 관한
도시인의 판단을 버려야 한다.
자연의 품안에서 가장 먼저 해야 할 일은
우리가 짊어진 습관의 배낭을 내려놓는 일이다.
자연에는 우리의 종교를 부끄럽게 만드는
신성함이 있고
우리의 영웅들을 믿지 못하게 하는
진실이 숨겨져 있다.

자연은
모든 주위 환경들을 보잘것없게 만들고
그 안으로 들어온 모든 인간들을
신처럼 심판하는 것임을 알게 된다.
이런 자연의 매력에는 약효도 있다.
그들은 정신을 맑게 해주며
우리의 상처를 치료해 준다.
자연이 우리에게 주는
다정하고 꾸밈없는 소박한 기쁨이다.

우리는 우리 자신에게 돌아온 것이며
원인과도 가까워진 것이다.
우리는 결코 자연을 떠날 수 없으며
마음은 자연의 정든 집을 사랑한다.
마치 우리의 갈증을 없애기 위해 물이 있듯이
바위나 흙은
곧 우리의 눈이나 손발과 같은 것이다.

에머슨

물속의 물고기는 목말라하지 않는다

물속의 물고기가 목말라한다는 말을 듣고
나는 웃는다.
진리는 그대의 집 안에 있다.
그러나 그대 자신은 이것을 알지 못한 채
이 숲 저 숲 쉴 새 없이 헤매고 있다.
여기, 바로 여기에 진리가 있다.
그대가 원하는 곳이면 어디든지 가보라.
이 도시로, 저 산 속으로….
그러나 그대 영혼을 발견하지 못한다면
세상은 여전히 환상에 지나지 않을 것이다.

카비르

거짓말

아이들에게 거짓을 말하는 것은 잘못이라네.
거짓을 진실인 양 말하는 것도 잘못이지.
아이들에게 천국에 하느님이 계시고
이 세상이 잘 굴러간다고 말하는 것도 잘못이야.
아이들은 그대가 무엇을 말하려는지 안다네.
아이들도 인간이거든.
아이들에게 숱한 어려움에 대해 말해주게.
앞으로 일어날 일만이 아니라 지금 일어나고 있는 일도
분명히 보게 해줘야 하네.
살면서 맞닥뜨리게 될 장애와 난관에 대해 말해주게.
마주치게 될 슬픔과 고통에 대해 말해주게.
지옥 같은 일을 겪게 될지 모른다는 것도 알려주게.
행복의 대가를 아는 자만이 행복할 수 있지 않은가?
잘못을 알면서도 용서해서는 안 되네.
그냥 두면 반복되고 늘어나
나중에 우리 아이들은
우리가 용서했다는 것을 용서하지 않을 테니까.

예브게니 옙투셴코

희망이란

희망이란
본래 있다고도 할 수 없고 없다고도 할 수 없다.
그것은 마치 땅 위의 길과 같은 것이다.
본래 땅 위에는 길이 없었다.
한 사람이 먼저 가고
걸어가는 사람이 많아지면
그것이 곧 길이 되는 것이다.

루쉰

오늘 당신은

오늘 당신은 하루 종일 내리는 비를
불만스러워 할 수도 있습니다.
하지만 당신은 물을 담뿍 머금은 화초와 수목을 보며
자연의 순리에 감사할 수 있습니다.

오늘 당신은 빈약한 지갑을 보고 슬퍼할 수도 있습니다.
하지만 당신은 모자라는 돈으로
알뜰한 지출계획을 세우며 즐거워할 수 있습니다.

오늘 당신은 몸이 아파서 화가 날 수도 있습니다.
하지만 당신은 여전히 숨 쉬고 있음을 자축할 수 있습니다.

오늘 당신은 부모님이 빛나는 지위와 거액의 재산을
물려주지 않았다고 원망할 수 있습니다.
하지만 당신은 그분들에게서 생명을 얻었음에
감사할 수 있습니다.

탄줘잉

완벽한 사람보다 빈틈 있는 사람이 더 좋아

삶에서 참으로 소중한 것이 무엇인지 알게 되면
완벽함이 아니라 인간적인 것을 추구하게 된다.
이란에서는 아름다운 문양으로 섬세하게 짠 카펫에
의도적으로 흠을 하나 남겨 놓는다.
그것을 '페르시아의 흠' 이라 부른다.
인디언들은 구슬 목걸이를 만들 때
살짝 깨진 구슬을 하나 꿰어 넣는다.
그것을 '영혼의 구슬' 이라 부른다.

레이첼 나오미 레멘

당신이 홍차를 끓이고

당신이 홍차를 끓이고
나는 빵을 굽겠지요.
그렇게 살아가노라면
어느 초저녁
붉게 물든 달이 떠오르는 것을 보고서야
때로는 찾아오는 사람들이 있겠지요.
그것으로 그뿐
이제 이곳에는 더 오지 않을 것을.

우리들은 덧문을 내리고 문을 걸고
홍차를 끓이고 빵을 굽고
아무튼 당신이 나를
내가 당신을.
마당에 묻어줄 날이 있을 거라고
언제나 그렇게 이야기하며
평소처럼 먹을 것을 찾으러 가게 되었지요.

당신이 아니면 내가
나를 아니면 당신을
마당에 묻어줄 때가 마침내 있게 되고

남은 한 사람이 홍차를 홀짝홀짝 마시면서
그때야 비로소 이야기는 끝나게 되겠지요.

당신의 자유도
바보들이나 하는 이야기 같은 것이 되겠지요.

토미오카 다에코

오늘만큼은

사람은 스스로 행복해지려고 결심한 정도만큼
행복해진다.
오늘만큼은 주변 상황에 맞추어 행동하자.
무엇이든 자신의 욕망대로만 하려 하지 말자.

오늘만큼은 몸을 조심하자.
운동을 하고 충분한 영양을 섭취하자.
몸을 혹사시키거나 절대 무리하지 말자.

오늘만큼은 정신을 굳게 차리자.
무엇인가 유익한 일을 배우고
나태해지지 않도록 하자. 그리고
노력과 사고와 집중력을 필요로 하는 책을 읽자.

오늘만큼은
남이 눈치 채지 않도록 친절을 다하자.
남모르게 무언가 좋은 일을 해보자.
정신수양을 위해 두 가지 정도는
자기가 하고 싶지 않은 일을 하자.

오늘만큼은 기분 좋게 살자.
남에게 상냥한 미소를 짓고
어울리는 복장으로 조용히 대화하며
예절 바르게 행동하고 아낌없이 남을 칭찬하자.

오늘만큼은 이 하루가 보람되도록 하자.
인생의 모든 문제는 한꺼번에 해결되지 않는다.
하루가 인생의 시작인 것 같은 기분으로
오늘을 보내자.

오늘만큼은 계획을 세우자.
매 시간의 예정표를 만들자.
조급함과 망설임이라는
두 가지 해충을 없애도록 마음을 다지자.
할 수 있는 데까지 해보자.

오늘만큼은 30분 정도의 휴식을 갖고
마음을 정리해보자.
때로는 신을 생각하고 인생을 관조해보자.
자기 인생에 대한 올바른 인식을 얻도록 하자.

오늘만큼은 그 무엇도 두려워하지 말자.

특히 아름다움을 즐기며 사랑하도록 하자.

사랑하는 사람이

나를 사랑한다는 믿음을 의심하지 말자.

시빌 F. 패트리지

새들이 노래하고, 나무들이 자라고, 꽃이 피어나고,
사람들은 사랑하고 노래하고 춤춘다.
믿기 어려운 일이 일어난 것이다.

삶

삶은 그 자체가 하나의 기적이다.
일어날 수 없는 일이 일어난 것이다.
인간, 나무, 새….
이 모든 것이 기적이다.
그렇다. 실로 대단한 기적이다.
우주 전체가 죽었지만
우리만이 생명으로 가득 차 있다.
수십억의 별들,
수십억의 태양계가 차갑게 죽어 있다.
오직 이 작은 지구
그 크기를 따지면 먼지 입자에 불과한
정말 아무것도 아닌
이 작은 지구 위에서만 생명의
파노라마가 펼쳐지고 있다.
이곳은 존재계 전체의 축복받은 장소다.
새들이 노래하고,
나무들이 자라고,
꽃이 피어나고,
사람들은 사랑하고 노래하고 춤춘다.
믿기 어려운 일이 일어난 것이다.

오쇼 라즈니쉬

아름다운 별을 달고

인생의 슬픔은
목표에 도달하지 못하는 데 있는 것이 아니라
도달하려는 목표가 없는 데 있다.
꿈을 실현하지 못한 채 죽는 것이 아니라
꿈을 갖지 않는 것이 불행한 것이다.

새로운 생각을 하지 못하는 것이
불행한 것이 아니라,
새로운 생각을 하려고 하지 않을 때
이것이 불행한 것이다.

하늘에 있는 별에 닿지 못하는 것이
부끄러운 것이 아니라,
도달해야할 별이 없는 것이 부끄러운 것이다.

실패는 죄가 아니며
바로 목표가 없는 것이 죄악이다.
너와 나의 가슴에
아름다운 별을 달고 손잡고 가보자.

인도 한 사원에 적힌 글

나 이제 내가 되었네

나 이제 내가 되었네.
여러 해 이곳저곳 돌아다니느라
시간이 많이 걸렸네.
나는 이리저리 풀어 헤쳐지고 녹아 없어져
다른 사람의 얼굴을 하고 있었네.
마치 시간이 충분한 듯
미치도록 달리기만 했네.

이제 등이 굽어서야 경고의 말을 내뱉지.
"서둘러라! 내일이 오기 전에 죽을 수도 있으니."

나 이제 여기 고요히 서 있네.
나 자신의 무게와 밀도를 느끼며!
종이에 드리워진 검은 그림자는 내 손의 그림자
한 마디 말의 그림자가
생각이 생각하는 자를 다시 만들듯이
종이 위에 떨어지는 무거운 소리.
모든 것은 지금 이 순간으로 녹아들어
소망에서 행동으로
말에서 침묵으로 제자리를 잡고,

나의 일

나의 사랑

나의 시간

나의 얼굴은

나무의 속도로 성장하려는 오롯한 움직임에 모아졌다네.

과일이 천천히 익어 떨어지고

늘 먹이가 되어 주듯이

떨어져도 뿌리까지 시들지는 않는 것처럼

모든 시가 본래 그러하듯

내 안의 시가 자라 노래가 된다네.

사랑에 의해 그렇게 만들어지고

그렇게 뿌리내린 노래.

이제 여기에 시간이 있고 시간은 젊다네.

오, 이 단 한순간 속에 나는

내 전부를 살며, 움직이지 않으리라.

무언가에 쫓겨 미친 듯 달려와

나 이제 고요히 멈춰서네.

태양이여, 너도 멈춰라!

메이 사턴

이토록 아름다운 것

세상에는 이토록 아름다운 것이 있다.
그것에서 당신은 결코 질리지 않는 원기를 얻으며
그것은 당신에게 언제나 신의를 지키고
당신은 언제나 그것을 새롭게 바라본다.
그것은 알프스 산맥의 산마루에서 바라본 전망이며,
초록빛 바닷가의 조용한 모랫길,
바위 밑에서 솟아나는 실개천,
어둠 속에서 노래하는 새,
꿈을 꾸면서 웃는 아이,
겨울밤의 별빛,
고원의 목장과 만년설의 화환을 쓴 채 맑은 호수에 비친
저녁노을,
울타리 옆에서 엿듣는 노래,
방랑자와 나누는 인사,

그것들이 밤새도록 미세한 통증으로
당신의 쪼그라든 심장을 넓혀준다.
그리고 별들 너머로 아름답고 어렴풋하게
먼 향수의 왕국을 세운다.

헤르만 헤세

만일 내가 다시 아이를 키운다면

만일 내가 다시 아이를 키운다면
먼저 아이의 자존심을 세워주고
집은 나중에 세우리라.
아이와 함께 손가락 그림을 더 많이 그리고
손가락으로 명령하는 일은 덜 하리라.
아이를 바로잡으려 덜 노력하고
아이와 하나가 되려고 더 많이 노력하리라.
시계에서 눈을 떼고
눈으로 아이를 더 많이 바라보리라.

만일 내가 다시 아이를 키운다면
더 많이 아는 데 관심을 갖지 않고
더 많이 관심 갖는 법을 배우리라.
자전거도 더 많이 타고 연도 더 많이 날리리라.
들판을 더 많이 뛰어다니고 별들도 더 오래 바라보리라.
더 많이 껴안고 더 적게 다투리라.
도토리 속의 떡갈나무를 더 자주 보리라.
덜 단호하고 더 많이 긍정하리라.
힘을 사랑하는 사람으로 보이지 않고
사랑의 힘을 가진 사람으로 보이리라.

다이애나 루먼스

단지 지금 이 순간에 존재하기만 하면 된다

우리 모두는
자신의 육체와 마음속에서
투쟁을 벌이는 습관이 있다.
우리는 오직 미래에만 행복해질 수 있다고 믿는다.

'나는 이미 도착했다'는 이유가 바로 여기에 있다.
우리가 이미 목적지에 도착했고
더 이상 여행할 필요가 없으며
우리가 이미 지금 이곳에 있음을 깨달을 때
우리는 평화로움과 기쁨을 누릴 수 있다.

우리가 행복해지기 위한 조건은 이미 충분하다.
우리는 단지 지금 이 순간에 존재하기만 하면 된다.

틱낫한

해는 하루만 살 뿐이다

나바호 인디언들은 자녀들에게
매일 아침 해가 떠오를 때
오늘 처음 떠오르는 것이라고 가르친다.

해는 매일 아침 새로 탄생하여 하루 동안 살고
저녁에 져서 다시는 돌아오지 않는다는 것이다.

자녀들이 알아들을 나이가 되면
부모는 새벽에 그들을 데리고 나가
'해는 하루만 살 뿐이다. 너희들은 이 하루를
유용하게 살아서 귀중한 시간을
낭비하지 않도록 해야 한다'라고 말한다.

하루하루를 귀중한 날이라고 인정하는 것은
잘 사는 길이며 우리의 근원적인 기쁨과
다시 맺어지는 유용한 길이기도 하다.

피마 초드런

가운데가 비어 있어야

바퀴살 서른 개가 바퀴통 하나에 모이는데
그 가운데가 비어 있어야 수레로서 쓸모가 있다.

진흙을 이겨 그릇을 만드는데
그 가운데가 비어 있어야 그릇으로서 쓸모가 있다.

문과 창을 뚫고 집을 세우는데
그 가운데가 비어 있어야 집으로서 쓸모가 있다.

그러니 있음이 유익한 까닭은
없음이 작용하기 때문이다.

《도덕경》 중에서

영혼이 인도하는 길

삶의 작은 부분을 바꾸면
우리의 인생이 완전히 달라질 것이라는 생각은
어린아이나 하는 것이다.
그것은 카펫에 앉아 끄트머리를 잡아당기면
하늘 높이 날아오를 수 있다는 생각과 같다.

무언가를 제대로 하려면 그 방법을 알아야 한다.
어떤 일이든 마찬가지다.

우리가 원하는 삶을 살려면
어떻게 해야 하는지 알아야 한다.

우리는 모두 희망하는 일을 이루고 싶어 한다.
하지만 그러면서도 우리 안에 있는
영혼이 인도하는 길은 걷지 않으려고 한다.

톨스토이

이 순간이 바로 진실이다

예전에 어떤 상담사를 찾아간 적이 있다.

그는 내게 이렇게 말했다.

'바로 이 순간이 진실이다. 이것을 하루에 백 번씩 말하세요.'

이것이 내가 60달러의 비용을 치르고 얻은 대답이었다.

이 답변은 마치 마술과도 같이 내 삶을 변화시켰다.

그 후 나는 내 주변에서 벌어지는 모든 일을 받아들이게 되었다.

나 자신과의 싸움을 멈추게 되었다.

지금 이 순간이 진실이다.

내가 피곤할 때 나는 어떤 사실과 더 이상 씨름하지 않았다.

그저 있는 그대로 받아들였다.

바로 이 순간이 진실이다.

비행기 사고로 공항에서 6시간이나 지체할 수도 있다.

이 순간이 바로 진실이다.

추돌사고로 자동차가 찌그러졌다.

이 순간이 진실이다.

남편이 또 늦는다.

이 순간이 진실이다.

화가 난다.

이 순간이 진실이다.

직장의 면접시험을 앞두고 긴장이 된다.

이 순간이 진실이다.

외롭다.

이 순간이 진실이다.

행복하고 만족한다.

이것도 내 앞에 놓인 현실이고 진실이다.

이것이 바로 이 순간에 내게 일어난 일이다.

좋은 일이 아니다.

나쁜 일도 아니다.

단지 지금 이 순간에 일어난 일일뿐이다.

'바로 지금 이 순간이 진실이다.' 라고 말하는 것은

그 상황에서 바라는 것을 멈추게 한다.

사람들은 이렇게 말하게 될 것이다.

'나는 남편에게 화가 났습니다. 그렇지만…

나는 그 사람이 엄청난 스트레스에 시달리는 것을 알고 있어요.'

그들은 진실을 똑바로 보고

불편한 상황을 이성적으로 판단하게 된다.

만일 '바로 이 순간이 진실이다' 라고 인정하고

자신이 느끼는 바를 받아들이면 원하는 것이 무엇인지 알 수 있다.

나는 지금의 상황을 바랐을까? 머물러야 할까? 떠나야 할까?

내가 변화시킬 수 있는 것일까?

이 순간이 진실이라는 것을 기억한다면

기쁨에 가까이 다가갈 수 있을 것이다.

샤를로테 케이슬

누에고치는 나비가 되어 날아갈 때까지 열심히 실을 뽑아낸다.
인간도 영혼을 개선하기 위해 노력하다 보면 날개를 얻을 것이다.

날개

작은 구멍 하나에 항아리의 물이 다 새어버리듯
단 한 사람이라도 미워하면 그 인생은 비어버린다.

화가 나면 말하거나 행동하기 전에 열까지 세어라.
그래도 화가 가라앉지 않는다면 백까지 세어라.
그러다 보면 우리는
사소한 일에 분노했다는 사실에 놀라게 된다.

인생을 살면서 우리에게 가장 가치 있는 일은
분노를 느끼면서도 분노의 행동을 하지 않는 것이다.
선한 노력은 반복될 때만 착하다.
넘어지면 다시 일어나라.
다시 노력해야 할 때
절망 속에 주저앉아버리면 안 된다.

누에고치는 나비가 되어 날아갈 때까지
열심히 실을 뽑아낸다.
인간도 영혼을 개선하기 위해 노력하다 보면
날개를 얻을 것이다.

톨스토이

인간은 누구나 고통을 갖고 있다

인간은 누구나 고통을 갖고 있다.
그러나 다른 사람들 눈에 띄지 않게 하기 위해
평온한 모습으로 그들의 고뇌를 숨기고 있다.
각자 자기만을 측은히 여긴다.
각자 권태로움 속에서 자신을 불쌍히 여기는
또 다른 사람을 부러워한다.
어느 누구도 다른 사람들의 고뇌를 가늠할 수가 없다.
그가 번민을 숨기듯이 다른 사람들 모두가
그들의 고뇌를 감출 줄 알기 때문이다.
모두들, 눈물을 머금은 채
괴로운 마음으로 혼자 중얼거린다.
나만 빼놓고 다른 사람들은 모두 행복하지!
그러나 그들 모두는 불행하다.
그들은 극성스럽게 기도하고
외치면서 하늘나라를 향해 자신들의 운명이
변하게 해달라고 간청한다.
그러면 그들의 운명이 달라지기도 하지만
곧 또 다시 눈물을 흘리며
고통스러운 불행만을 교환하고 말았음을 깨닫게 된다.

세니에

세상에서 가장 어려운 일

세상에서 가장 어려운 일이 무엇인지 아니?
글쎄요….
돈 버는 일? 밥 먹는 일?
세상에서 가장 어려운 일은
사람이 사람의 마음을 얻는 일이란다.
각각의 얼굴만큼 다양한 각양각색의 마음을….
순간에도 수만 가지의 생각이 떠오르는데
그 바람 같은 마음을 머물게 한다는 것은
정말 어려운 거란다.

생텍쥐페리 〈어린왕자〉 중에서

작은 순간

작은 순간을 다 써버려라.

곧 그것은 사라질 테니.

쓰레기든 금이든

다시는 같은 겉모양으로 오지 않는다.

인생은 아주 짧다.

애너 퀸들런

깨달음

사막을 가로지르며
목숨을 건 사투를 벌이고 있을 때
난 예전에는 미처 이해할 수 없었던
또 하나의 진실을 발견했다.
그때 난 길을 잃었다는 절망감에 빠져
자포자기의 심정이었다.
그런데 이상하게도 모든 것을 포기하고 나자
오히려 마음이 편안해졌다.
바로 그 순간
스스로에게 진정한 친구가 되는 것 같았다.
밤하늘의 별이 망토처럼 펼쳐져 있고,
온몸이 모래에 뒤덮여
갈증으로 숨이 막힐 것만 같았던 그 순간
가슴속으로 뜨겁게 밀려들어오던
깨달음을 어떻게 잊을 수 있을까.

생텍쥐페리

나는 배웠습니다

나는 배웠습니다.
인생의 목적지가 아니라
여정을 사랑해야 한다는 것을.

나는 배웠습니다.
인생을 산다는 것은 리허설이 아니며
장담할 수 있는 것은 단지 오늘뿐이라는 것을.

나는 배웠습니다.
세상의 모든 선(善)을 바라보고
그 중 일부를 되돌려주려고 노력해야 한다는 것을.

오래 전, 나는 사는 법을 배웠습니다.
아주 나쁜 일을 겪었습니다.
그 일로 인해 내 인생은 바뀌었습니다.
만약 내게 선택권이 있다면
이제는 인생이 바뀌는 일은 없을 것입니다.
하지만 이제 그 일로 나는 배웠습니다.
인생을 낙관적으로 바라보고 살아가야 한다는 것을.

애너 퀸들런

저 멀리 높은 곳

햇볕이 내리쬐는
저 멀리 높은 곳에 야망이 있다.
거기에 도달할 수 없을지도 모르지만
고개를 들어 그 아름다움을 보며,
거기에 도달할 수 있으리라는 믿음으로
열심히 노력할 수는 있다.

루이자 메이 올컷

마음 다스리기

두려울 때 나는
용감하게 앞으로 나아가리라.
열등감이 생기면 나는
새 옷으로 갈아입을 것이다.
무력할 때 나는
지난날의 성공을 떠올리겠다.
거만해지면 나는
지난날의 실패를 떠올리겠다.
삶이 무의미해지면 나는
나의 목표를 떠올리겠다.
득의양양해 있을 때 나는
내 경쟁자를 떠올리겠다.
스스로 훌륭하다고 느낄 때 나는
과거의 굴욕을 떠올리겠다.
자만심에 가득 차면 나는
나약했던 순간을 떠올리겠다.
스스로 완벽하다고 느낄 때 나는
고개를 들고 밤하늘의 별을 바라보겠다.

오그 만디노

좁은 길

생활로 이끄는 길은 좁다.
그리고 소수의 사람들만이 그 길을 걸어간다.
대부분의 사람들은
넓은 길을 따라 걷기 때문에
그 길을 찾지 못한다.

참된 길은 한 사람만이
가까스로 지나갈 수 있을 만큼 좁다.
그 길은 여럿이 걸어갈 수 없다.
붓다나 공자나 소크라테스나 그리스도처럼
자기 자신을 위하여
그리고 우리 모두를 위하여
좁은 길을 홀로 걸었듯이
홀로 걸어가지 않으면 안 된다.

류시 말로리

좋아지게 되어 있다

하루 중 가장 어두운 때는 해가 뜨기 직전이다.
몹시 힘들고 우울할 때는 이렇게 생각하자.
지금이 바로 해가 뜨기 직전이라고.
이제 곧 해가 떠올라
모든 것이 환하고 따사로워질 것이다.
우리가 굳이 애쓰지 않아도
모든 것이 좋아지게 되어 있다.

윌 로저스

생활로 이끄는 길은 좁다. 그리고 소수의 사람들만이 그 길을 걸어간다.
대부분의 사람들은 넓은 길을 따라 걷기 때문에 그 길을 찾지 못한다.

마음은 마치 그릇과 같다

그릇에다 된장을 담으면 된장독이 되고
고추장을 담으면 고추장독이 된다.

마음에 악을 담고 도둑질을 하거나
남을 해치면 남의 손가락질을 받게 되고
마음에 선을 담고 착한 일을 하면
남의 존경을 받게 된다.

인간은 태어날 때부터 악하거나 선한 존재가 아니다.
단지 마음이 맑고 깨끗할 때
우리의 삶도 아름다울 수 있다.

《법구경》의 〈혜안품〉 중에서

백 번의 망치질

나는 일이 제대로 풀리지 않으면
석공을 찾아간다.

그는 바위를 내리칠 때,
특별히 강한 힘을 주지 않고
백 번에 걸쳐 망치질을 한다.
마침내 백 한 번째가 되면 바위가 갈라진다.

바위를 가른 것은 마지막 일격이 아니라
그 전까지 바위를 두드린
백 번의 망치질이다.

제이콥 리이스

네 젊음을 가지고 뭘 했니?

하늘은 지붕 위로 저렇듯 푸르고 조용한데,
지붕 위에 잎사귀를 일렁이는 종려나무.

하늘 가운데 보이는 종 부드럽게 우는데,
나무 위에 슬피 우짖는 새 한 마리.

아하, 삶은 저기 저렇게 단순하고 평온하게 있는 것을
시가지에서 들려오는 저 평화로운 웅성거림.

뭘 했니? 여기 이렇게 있는 너는,
울고만 있는 너는.

말해 봐, 뭘 했니?
여기 이렇게 있는 너는
네 젊음을 가지고 뭘 했니?

폴 베를렌

위대한 것은 인간의 일들이니

위대한 것은 인간의 일들이니.
나무병에 우유를 담는 일
꼿꼿하고 살갗을 찌르는 밀 이삭들을 따는 일
암소들을 신선한 오리나무들 옆에서 떠나지 않게 하는 일
숲의 자작나무들을 베는 일
경쾌하게 흘러가는 시내 옆에서 버들가지를 꼬는 일
어두운 벽난로와 옴 오른 늙은 고양이와
잠든 티티새와 즐겁게 노는 어린 아이들 옆에서
낡은 구두를 수선하는 일
한밤중 귀뚜라미들이 날카롭게 울 때
처지는 소리를 내며 베틀을 짜는 일
빵을 만들고 포도주를 만드는 일
정원에 양배추와 마늘의 씨앗을 뿌리는 일
그리고 따뜻한 달걀들을 거두어들이는 일.

프랑시스 잠

바로 지금

그가 칭찬을 받을 만하거든
바로 지금이 칭찬할 시간입니다.
죽은 후에 그는 자신의 묘비명을
결코 읽을 수 없기 때문이지요.
친구에게 들은 친절하고 애정 깊은 말,
자신을 인정해 주는 말은
그 어떤 명예나 돈보다도 더 소중합니다.
그것들은 우리들이 더 열심히 살아갈 수 있도록
활력을 주기 때문입니다.
또한 그것은
우리의 삶을 건강하고 용감하게 만들며
삶에 대한 열의와 활기를 갖게 합니다.

그가 칭찬을 받을 만하면
지금 바로 그를 칭찬하십시오.
만약에 당신이 그 사람을 좋아한다면
그가 그 사실을 알게 해주십시오.
그리고 격려를 아끼지 마십시오.

그가 삶을 마감하고

클로버 잎 아래에 누울 때까지

기다리지 마십시오.

죽은 후에 그는

자신의 묘비명을 결코 읽지 못하기에….

데릭 빙햄

안개 속에서

안개 속을 헤매는 것은 이상하다.
덤불과 돌은 모두 외롭고
나무들도 서로가 보이지 않는다.
모두가 다 혼자다.

나의 삶이 아직 밝았을 때는
세상은 친구로 가득 차 있었지만
그러나 이제 안개 드리워지니
누구 한 사람 보이지 않는다.

모든 것에서 어쩔 수 없이
사람을 조용히 떼어 놓는 어둠을 모르는 사람은
현명하다고 할 수 없다.

안개 속을 헤매는 것은 이상하다.
살아 있다는 것은 고독하다는 것
사람들은 서로를 알지 못한다.
모두가 다 혼자다.

헤르만 헤세

인생은 우여곡절 굴곡도 많은 법, 사람이라면 누구나 깨닫는 바이지만
수많은 실패들도 나중에 알고 보면 계속 노력했더라면 이루었을 일.

친구와 인생

잃어버린 친구를 대신할 만한 것은 사실
아무것도 없다.

오랜 벗들은 만들어지는 것이 아니다.
함께 생각한 그 많은 세월,
함께 당한 그 많은 괴로운 시간,
그 많은 불화, 화해, 마음의 격동,
이러한 보물만큼 값어치 있는 것은
아무것도 없다.
이런 우정들은 다시 만들어내지 못하는 것이다.

인생도 그렇다.
우선 우리는
돈을 모으고 몇 해를 두고 나무를 심었다.
그러나 시간이 이 사업을 해체해버리고
나무를 없애버리는 그런 날들이 오는 것이다.
친구들은 하나 둘
그늘을 우리에게서 빼앗아간다.
그리고 우리들의 슬픔에는
늙어간다는 회한이 오는 것이다.

물질적인 이익만을 위해 일한다면

우리 자신이 우리의 감옥을 짓는 것이다.

우리는 살만한 가치가 조금도 없는

재와 같은 돈을 가지고

외로이 유폐되어 있는 것이다.

생텍쥐페리

길을 잃으면

길을 잃으면 가만히 있어라.
네 앞의 나무와 네 뒤의 관목들은 길을 잃지 않았다.
네가 지금 어디에 있든 그곳의 이름은 '여기' 이니
너는 그것을 힘 센 이방인 대하듯 해야 하고
그에게 너를 소개해도 되는지,
너에게도 자신에 대해 소개해 줄 수 있는지,
그에게 물어보아야 한다.

숲은 숨을 쉰다.
들어보아라.
숲이 대답하노니,
내가 이곳을 떠나면 너는 다시 돌아오게 되리라. 하고
'여기' 가 말한다.
갈까마귀에게 똑같은 나무는 하나도 없으며
굴뚝새에게 똑같은 가지는 하나도 없다.
나무나 관목들이 너를 잃어버리면
그때는 너는 정말 길을 잃는다.
가만히 있어라.

숲은 아느니,
네가 지금 어디에 있는지를.
숲이 너를 찾게 그대로 있어라.

데이비드 와그너

개미

개미는 본래 날개를 가지고 태어났습니다.
또한 개미는 자신이 그 날개를 이용해
날아다닐 수 있다는 기쁨과 영광도 알고 있었습니다.
그런데도 그들은 스스로 날기를 포기하고
기어 다니는 곤충으로서의 삶을 선택했습니다.

신이 하늘을 무한하게 날아다닐 수 있는
자유라는 영광을 주었지만
그들은 스스로
비천한 곤충으로서의 삶을 선택한 것입니다.

인간도 마찬가지입니다.
자기 스스로를 헐값에 팔아버림으로써
개미와 같은 과오를 범해서는 안 됩니다.
인간의 삶은 오로지
그 사람 스스로의 선택에 달려 있습니다.

윌리엄 사파이어

지혜의 폭을 넓히자

산을 오르듯 인생의 하루하루를 살자.
가끔씩 정상을 바라보는 것은
목표를 마음속에 지니는 데 효과적이다.

하지만 한 걸음씩 오를 때마다
주변에 펼쳐지는 수많은 아름다운 경관을
꼭 감상해야 한다.

천천히 꾸준히 오르면서 모든 순간을 즐기자.

정상에 올라서서 아래쪽을 내려다보는 기분은
여행에서 맛보는 최고의 짜릿함과 다르지 않다.

아놀드 V. 멜셔트

포기하면 안 돼

이따금 일이 잘 풀리지 않을 때
험한 비탈을 힘겹게 올라갈 때
주머니는 텅 비었는데 갚을 곳은 많을 때
웃고 싶지만 한숨지어야 할 때
주변의 관심이 오히려 부담스러울 때
필요하다면 쉬어가야지,
하지만 포기하면 안 돼.

인생은 우여곡절 굴곡도 많은 법
사람이라면 누구나 깨닫는 바이지만
수많은 실패들도 나중에 알고 보면
계속 노력했더라면 이루었을 일.

그러니 포기는 말아야지.
비록 지금은 느리지만
한 번 더 노력하면 성공할지 누가 알아.

성공은 실패와 안팎의 차이
의심의 구름 가장자리에 빛나는 희망.
목표가 얼마나 가까워졌는지는 아무도 모를 일

생각보다 훨씬 가까울지도 모르지.

그러니 얻어맞더라도 싸움을 계속해야지.
일이 안 풀리는 시기야말로
절대 포기하면 안 되는 때.

에드거 게스트

이별에 부쳐

사람의 일생에는
수많은 정거장이 있어야 한다.
바라건대 그 모든 정거장마다
안개에 묻힌 등불 하나씩 있으면 좋겠다.

든든한 어깨로 울부짖는 바람을 막아줄 사람이
다시없을지라도
꽁꽁 언 손을 감싸줄 하얀 머플러가
다시없을지라도
등불이 오늘 밤처럼 밝았으면 좋겠다.

빙설로 모든 길이 막혀도
먼 곳을 향해 떠나는 사람은 반드시 있으리라.

수많은 낮과 밤을 붙잡든 놓쳐버리든
내게 조용한 새벽 하나를 남겨놓고 싶다.
구겨진 손수건을 축축한 벤치 위에 깔고
너는 파란 수첩을 펼친다.

망고나무 아래 지난밤 빗소리가 남아 있다.
시 두 줄 달랑 적고 너는 떠나겠지.
그래도 나는 기억할 수 있다.
호숫가 작은 길에 쓰인 너의 발자국과 그림자를.

헤어짐과 다시 만남이 없다면
떨리는 가슴으로 기쁨과 슬픔을 끌어안을 수 없다면
영혼은 무슨 의미가 있을까.
인생은 또 어떤 이름일까.

수팅

남들의 입술에 있지 않다

강은 연못과 다르고
연못은 개울과 다르며
개울은 물그릇과 다르다.
하지만 강과 연못, 개울과 그릇은
모두 똑같은 물을 안고 있다.

건강한 어른,
아픈 아이, 가난한 노인
겉모습이 서로 다른 사람들이라도
누구에게나 똑같은 영혼이 깃들어 있다.
그 영혼이 우리 모두에게 삶을 준다.

타인에게서 자신과 똑같은 영혼을 발견할 때
우리는 긴 잠에서 깨어난다.

우리는 모든 사람, 모든 생명체와 하나다.
그러니 사람뿐 아니라 모든 생명에 대해서도
우리 자신이 대접받고 싶은 대로 대해야 한다.

지혜롭고 친절한 사람이 느끼는 기쁨은
그 자신의 양심에 있는 것이지
남들의 입술에 있는 것이 아니다.

우리는 내적인 성장이나 영혼의 가치가
상장이나 훈장보다 훨씬 중요하다는 것을 잊어버린다.
이것은 작은 촛불을
햇살보다 더 밝다고 여기는 것과 같다.

우리의 삶과 영혼은 타인과 연결되어 있다.
그러므로 타인을 위한 선행은
곧 자기 자신을 위한 것이다.

톨스토이

사랑하는 아들에게

아름다운 입술을 가지고 싶으면
친절한 말을 하라.

사랑스러운 눈을 갖고 싶으면
사람들에게서 좋은 점을 봐라.

날씬한 몸매를 갖고 싶으면
너의 음식을 배고픈 사람과 나누어라.

아름다운 머리카락을 갖고 싶으면 하루에 한 번
어린아이가 손으로 너의 머리를 쓰다듬게 하라.

아름다운 자세를 갖고 싶으면
결코 너 혼자 걷고 있지 않음을 명심하라.

사람들은 상처로부터 복구 돼야 하며
낡은 것으로부터 새로워져야 하고
병으로부터 회복되어져야 하고
무지함으로부터 교화되어야 하며
고통으로부터 구원받고 또 구원받아야 한다.

결코 누구도 버려서는 안 된다.

기억해라. 만약 도움의 손이 필요하다면

너의 팔 끝에 있는 손을 이용하면 된다.

네가 더 나이가 들면

손이 두 개라는 걸 발견하게 된다.

한 손은 너 자신을 돕는 손이고

다른 한 손은 다른 사람을 돕는 손이다.

오드리 헵번이 아들에게 들려준 글

젊은 수도자에게

고뇌하는 너의 가슴에만
진리가 있다고 생각하지 말라.
모든 마당과
모든 숲
모든 집 속에서
그리고 모든 사람들 속에서
진리를 볼 수 있어야 한다.
목적지에서
모든 여행길에서
모든 순례길에서
진리를 볼 수 있어야 한다.

모든 길에서
모든 철학에서
모든 단체에서
진리를 볼 수 있어야 한다.

모든 행동에서
모든 동기에서
모든 생각과 감정에서

그리고 모든 말들 속에서
진리를 볼 수 있어야 한다.

마음속의 광명뿐 아니라
세상의 빛줄기 속에서도
진리를 발견할 수 있어야 한다.

온갖 색깔과 어둠조차
궁극적으로 아무런 차이가 없다.
진정으로 진리를 본다면
진정으로 사랑하기 원한다면
그리고 행복하기를 원한다면
광활한 우주의 어느 구석에서도
진리를 만날 수 있어야 한다.

스와미 묵타난다

폭풍이 지나가고 나면 나무는 다시 축제를 시작하고
뿌리들이 살아 있음을 느끼며 다시 젊어진다.
폭풍은 나무를 한층 젊게 만든다.

침묵의 시간

침묵의 시간은
모든 것을 질서 있게 처리하도록 할뿐더러
우리에게 힘을 안겨 준다.
우리는 누구나 바쁜 생활로부터
침묵의 시간을 만들 필요가 있다.
하루에 단 10분간이라도 침묵의 시간을 떼어
해가 지는 모습이나
전등불이 하나씩 밤하늘을 밝히는 것을
구경할 필요가 있다.
우리에게는 꿈꿀 시간
회상할 시간
영원한 것과 대화할 시간이 필요하다.
우리를 진실한 사람이 되게 하는
시간이 필요하다.

그레디스 타버

담쟁이 잎새 하나

그런데 어찌 된 일인가?
두드리는 것 같은 빗발과 불어대는 바람이
밤새 계속되었는데도
벽돌 담 위에는 담쟁이 잎이 한 장
뚜렷하게 남아 있었다.
그것은 줄기에 매달려 있는 마지막 한 잎이었다.
잎의 중심 가까이는 아직 짙은 녹색이지만,
톱날 같은 언저리는 누렇게 썩어
비장하게도 땅에서 6미터쯤 되는 가지에
매달려 있었다.
마지막 잎새!
날이 저물어 저녁때가 되어도
그 외톨박이 담쟁이 잎은 벽 위에 매달려있었다.
'이제 위험한 고비는 완전히 넘겼어.
당신이 끝내 이겼군.
이제 잘 먹고 충분히 휴식만 취하면 된다오.'

오 헨리 〈마지막 잎새〉 중에서

산 너머 저쪽

산 너머 저쪽 하늘 멀리
행복이 있다고 말들 하기에
아아, 남들과 무리지어 찾아갔다가
눈물을 머금고 되돌아왔네.

산 너머 저쪽 더 멀리에는
행복이 산다고들 하지만….

카붓세

겁먹지 말자

처음부터 겁먹지 말자.
막상 가보면 아무것도 아닌 게
세상에는 참으로 많다.

첫걸음을 떼기 전에는 앞으로 나아갈 수 없고
뛰기 전에는 이길 수 없다.

너무 많이 뒤돌아보는 자는
크게 이루지 못한다.

요한 폰 쉴러

작은 배에 큰 돛을 달면

만일 어떤 사람이
그가 지니기에는 너무 큰 것을 갖게 되면
재난을 당하게 된다.
마치 너무도 작은 배에 너무도 큰 돛을 단다든지
너무도 작은 몸뚱이에
너무 큰 음식상을 베푼다든지
너무도 작은 영혼에
너무 큰 권력을 쥐어주게 된다면
그 결과는 뻔하다.
완전히 전복될 수밖에 없다.

아놀드 토인비

꾀꼬리

새들의 대표가 솔로몬에게 불평하였다.
"한 번도 꾀꼬리를
심판하지 않는 이유가 무엇입니까?"

꾀꼬리가 솔로몬을 위하여 변명하였다.
"길이 다르기 때문이다.
3월 중순부터 6월 중순까지 나는 노래한다.
나머지 아홉 달을
너희들이 짹짹거리는 동안 나는 침묵한다."

잘랄루딘 루미

폭풍과 나무

굳건히 뿌리를 내린 나무는
폭풍이 불어오기를 기다린다.
그것은 하나의 도전이다.
폭풍이 불어 닥칠 때 나무는 자신이 얼마나
뿌리를 단단히 내렸는지 알게 되고,
힘과 생명력을 느끼게 된다.
그래서 나무는 폭풍을 기다린다.
폭풍은 결코 적이 아니다.
모든 먼지와 좌절과 슬픔을 씻어가는
하나의 도전이다.
폭풍이 지나가고 나면
나무는 다시 축제를 시작하고
뿌리들이 살아 있음을 느끼며 다시 젊어진다.
폭풍은 나무를 한층 젊게 만든다.

오쇼 라즈니쉬

우리는 어떤 상황에서도
태만이나 무지로 인하여 실족하는 일이 없도록
진리에 항상 깨어있어야 한다.

좋은 음료

혀끝까지 나온 나쁜 말을
내뱉지 않고 삼켜버리는 것.
그것이 세상에서 가장 좋은 음료다.

언제 어떻게 말하는지 배우는 것도 중요하지만
더욱 중요한 것은
언제 어떻게 침묵해야 하는가이다.
잘못 말한 것을 후회하는 일은 많다.
하지만 침묵한 것을 후회하는 경우는 없다.

더 많이 말하고 싶어 할수록
하지 말아야 할 말을 해버릴 위험은 커진다.

'저는 모르겠습니다' 라는 말을
더 자주 하도록 혀를 훈련하라.

등 뒤에서 나를 욕하는 이는
나를 두려워하는 것이다.
면전에서 나를 칭찬하는 이는
나를 미워하는 것이다.

말은 힘이 세다.

말은 사람들을 하나로 만들기도 하지만

때로는 갈라놓기도 한다.

말로 사랑을 만들 수도

적대감을 빚을 수도 있다.

잘못된 생각을 드러내는 두 가지 행동이 있다.

말해야 할 때 침묵하는 것

그리고 침묵해야 할 때 말하는 것이다.

톨스토이

나눌 줄 알아야 높아진다

나눌 줄 알아야 높아진다.
물을 나누어 주는 구름은 드높고
물을 저 혼자 간직하는 바다는 낮은 것처럼.

인도 잠언

보여주려는 행복

사람들은 자기가 행복해지는 것보다
남에게 행복하게 보이려고 더 애를 쓴다.
남에게 행복하게 보이려고 애쓰지만 않는다면
스스로에게 만족하기란 그리 힘든 일이 아니다.
남에게 행복하게 보이려는 허영심 때문에
자기 앞에 있는 진짜 행복을 놓치는 수가 많다.

라 로슈푸코

두려움 없이 진리에 깨어있으라

우리는 수많은 미신과 위선으로
둘러싸여 있기 때문에
옳은 일을 하면서도
두려움이 앞설 때가 많다.
그러므로 우리는
옳다고 믿는 것을 두려움 없이 행하는 것을
황금률로 삼아야 한다.
사방이 거짓으로 둘러싸여 있을 때에는
거짓에 사로잡혀 자신마저 기만하기 시작한다.
우리는 어떤 상황에서도
태만이나 무지로 인하여 실족하는 일이 없도록
진리에 항상 깨어있어야 한다.

간디

멈출 수 없는 이유

바다에 사는 수많은 물고기 가운데 유독
상어만 부레가 없다.
부레가 없는 물고기는 가라앉기 때문에
잠시라도 멈추면 죽게 된다.
그래서 상어는 태어나면서부터
쉬지 않고 움직여야만 하고
그 결과 몇 년 뒤에는
바다 동물 중 가장 힘이 센 강자가 된다.

장쓰안 《평상심》 중에서

과거는 과거일 뿐

사람들은 좀 더 밝고
좋은 길로 나아갈 수 있는데도
과거의 어떤 죄악감에 사로잡혀
장래의 일까지 어둡게 생각하는 일이 있다.
과거는 과거로 묻어 버려야 한다.

대개 그것이 나 자신이 생각하는 것처럼
그다지 중대한 일이 아닌 경우가 많다.
그 일은 당시의 환경이나 상태에서
불가피했었노라고 스스로 용서해 버려라.
그러면 백지로 돌아가
새 출발을 할 수 있을 것이다.

사람은 과거의 어떤 잘못이 큰 장해물이 되어
자신의 장래까지 망치는 일이 많다.
또 과거의 어떤 잘못을 고민하다가
그 원인을 남의 탓으로 돌리려 한다.
잘못을 잘못대로 묻어버린다면 그 원인을
남의 탓으로 돌리지 않아도 될 것이다.

로렌스 굴드

남에게 행복하게 보이려고 애쓰지만 않는다면
스스로에게 만족하기란 그리 힘든 일이 아니다.

노년을 준비하는 기도

저를 항상 인도해 주시는 하느님!
이제 저도 노년기에 접어들었습니다.
수다스럽게 말을 많이 하고 싶어 하는 욕망에서
저를 건져 주시고
무엇이든지 다 참견하고 싶어 하는 저의 호기심과
간섭하고 싶어 하는 마음을 자제하게 해주소서.

신이여!
저에게 참고 견뎌내는 능력을 내려주시어
남의 얘기를 끝까지 들을 수 있게 해주소서.
남의 잘못이나 단점을 지적하기 전에
저 자신의 잘못과 단점을 고칠 수 있는 지혜와 인내심을
갖게 해주소서.

저의 두 눈을 크게 뜨게 하시어
인간과 세상사의 밝은 면과 어두운 면,
좋은 점과 나쁜 점을 골고루 다 보게 하시어
공정하고 객관적인 판단을 할 수 있게 해 주소서.

신이여!

저로 하여금 인생의 말년을 용서하고 베풀고

돕고 사랑하는 사람으로 살아갈 수 있도록 해 주시고

가족, 친척, 이웃, 친구들에게 사랑과 신뢰와 존경을 받는

필요한 존재가 되게 해 주소서!

도로시 파커

비난을 두려워하지 말라

우리는 성공한 사람을
선망의 눈초리로 바라보며 부러워한다.
그 사람의 성공 원인이야 어떻든지
결과만을 놓고 그 사람을 부러워하는 것이다.

그러한 부러움 속에는 또
약간의 시기와 질투가 들어있어
이내 그 사람의 험담으로 이어지고
행여나 꼬투리를 잡게 되면
여지없이 비난의 화살을 날리고는 한다.

이렇듯 성공이란
남들의 비난과 빈축이 동반된다.
그러나 성공에 대한 선망과 부러움에서 출발한
비난과 빈축이라는 것을 안다면
두려워할 이유는 어디에도 없을 것이다.
오히려 그러한 빈축을
성공이라는 결과물을 빌어 당당하게 즐겨야 한다.

남들보다 튀게

모난 돌이 되어

정을 맞는 것이 결코 나쁜 것이 아니라

성공으로 가는 지름길이 될 수 있음을 깨닫고

걸림돌을 디딤돌로 벗 삼아 나아가야 한다.

나카타니 아키히로

남들보다 튀게 모난 돌이 되어 정을 맞는 것이 결코 나쁜 것이 아니라
성공으로 가는 지름길이 될 수 있음을 깨닫고
걸림돌을 디딤돌로 벗 삼아 나아가야 한다.

마음이 길을 만든다

　북극에서는 지름길이 없어 돌아올 수 있을 만큼만 가야 한다는 말이 있다. 그러나 우리는 언제나 어느 장소에서나 남들보다 빨리 가고 앞서 가고자 애를 쓴다. 그곳이 정말 만년설과 얼음바다로 뒤덮인 극지라도 무리를 해서 자기 몫을 챙기려는 욕망의 바퀴를 멈추지 않는다.

　사실 지름길을 비롯해 순조로운 길은 어디에나 있을 것이다. 다만 그것이 눈에 보이지 않는 마음과 정신 속에 드리워져 있기에 쉽게 찾지 못할 뿐이다. 마음과 정신을 헤아리고 그 안에서 자유로울 수 있다면, 우리는 가지 못하는 곳이 없고 누구보다 앞서 갈 수도 있다.

인생여정의 나침반이자 지도인 마음과 정신을 채워주는 글들을 모았다.

톨스토이, 헤르만 헤세, 생텍쥐페리, 펄벅, 오쇼 라즈니쉬, 롱펠로우, 잘랄루딘 루미, 마사 레이 마고, 비슬라바 쉼보르스카 등의 저서 속 소중한 글귀와 그들의 명언을 비롯해 파스칼, 에머슨, 틱낫한, 달마, 묵타난다 등의 생각 그리고 학자 토인비, 정치가 간디, 종교가 비베카난다가 남긴 말들 또한 채근담, 맹자, 도덕경, 법구경, 숫타니파타 등이 주는 양식과 아메리카 인디언의 기도와 어느 추장의 교훈, 터키의 수피교도가 남긴 전언, 인도의 잠언과 그곳 한 사원에 적힌 글, 교황 요한 바오로 2세 집무실에 걸려 있던 글, 인도 캘커타의 마더 테레사 본부에 붙어 있는 미국의 켄트 M. 키스의 시 그리고 국내 한 대학에서 재직하다 파킨슨병을 선고받고 고국 필리핀으로 돌아가 삶을 정리하며 쓴 페페 신부의 글까지….

세상을 탐험하고 극복해서 그 끝에 도달하기 위해 그들이 이구동성으로 우리에게 알리고 싶어 하는 길잡이가 있다. 발목을 잡는 후회의 과거를 벗고, 여유와 선한 마음으로 타인과 더불어, 흔들리는 현실마저 순리처럼 받아들이는 긍정적인 마인드로, 늘 자신의 가슴 속을 점검하며, 최선을 다해 오늘을, 바로 지금을 살아가라는 것이다.

최근 주변에서 '사람이 미래다' 또는 '아이가 미래다'라는 식의 광고 속 카피와 슬로건 등을 종종 접할 수 있다. 거기에 한 가지 바람을 더 얹는다면 '흔들리는 지금도 미래'가 되지 않을까 싶다.

험난한 세상을 살면서 한번쯤 막막함에 빠져보지 않은 사람은 없다. 힘든 생활과 미래에 대한 두려움에 망설이며 열패감마저 떠안게 된다. 하지만 이 책에서 베드로시안은 세상에는 '아무도 걸어본 적이 없는 그런 길은 없다'고 말한다. '흔들림 또한 사람이 살아가는 한 모습'(롱펠로우)임을 상기시킨다. 이따금 '멋쩍은 실수도 하면서 매력 있는 인생'(나카타니 아키히로)을 만들자고 한다.

인도의 성자 스와미 묵타난다는 〈나는 지금 어디로 가고 있는가〉를 통해 정체성의 고민을 토로한다.

> 학교를 졸업한 뒤
> 나는 늘 성공을 향해서,
> 행복한 미래를 향해서 달려가고 있었다.
> 그런데 이제 나이 쉰 살이 되고 보니,
> 때로 나는 내 자신이 무덤을 향해서 가고 있다는
> 참담한 느낌을 떨쳐버릴 수가 없다.

길 찾기의 혼란을 씻어내기 위해서 필요한 것은 여유와 충전이다. '근심에 가득 차 가던 길 멈춰 서서 잠시 바라볼 시간조차 없다면'(윌리엄 헨리 데이비스) 인생이 아니라고까지 단언하고 있다. 잠시 멈춘다고 또는 얼마쯤 뒤로 물러선다고 실패는 아니다.

유일하게 뒤로도 날 수 있는 벌새가 차라리 의미 있게 보인다. 질주본능에 묶여 옆 눈을 가린 경주마의 속도에 실려서는 안 된다. 에드거 게스트가 전하고 있는 것처럼 필요하다면 쉬어가되 포기하지 말고 '욕심도 없고 절대 화내지 않고 언제나 조용히 미소 지으며'(미야자와 겐지) 가는 것이 현명하다. 단지 '너무 많이 뒤돌아보는 자는 크게 이루지 못한다'(요한 폰 쉴러)는 충고는 잊지 않고서 말이다.

설사 눈앞에 장벽이 놓인다고 해도 그것이 인생의 전부일 수는 없다. 롱펠로우가 지적했듯이 하나의 모습만 보인다고 오직 그것으로 판단해서는 결코 길을 내지 못한다. 어차피 불완전한 인간은 순조로운 길만을 선택할 수 없다.

강 하구에서 송사리를 비롯한 대부분의 민물고기들이 물살을 거슬러 헤엄치는 이유가 있다. 자칫 바다로 떠밀려 생을 마감할지 모르기 때문이다. 그러나 결코 그들은 터전을 벗어나지도 거센 물살에 굴복하지도 않는다. 그렇게

'위험은 감수해야 하는 것' (자넷 랜드)이지 피하거나 그 앞에서 무릎을 꿇어서는 사는 스릴이나 재미 그리고 의미마저 없을 수도 있다.

톨스토이는 〈등짐〉에서 규정한다.

목표를 이루기 위해

때로는 원치 않는 일도 해야 한다는 사실을

이해하는 존재는 인간뿐이다.

그렇다면 어떻게 앞으로 나아갈 것인가?

독선과 아집의 독주가 돼서는 안 된다. 친구와 동료 그리고 이웃 등과 함께 '미소 짓고 어깨동무하며 우리 함께 일치점을 찾아보자'는 비슬라바 쉼보르스카의 목소리에 귀를 기울여야 한다. 특히 '잃어버린 친구를 대신할 만한 것은 사실 아무것도 없다' (생텍쥐페리)는 말이 경종을 더한다.

남극의 황제펭귄들은 발등 위에 알을 품고는 부화 때까지 한데 모여 체온을 나누며 혹한의 겨울추위를 견딘다. 이른바 '허들링(Hudding)'으로 바깥쪽에 있는 펭귄 무리가 안쪽으로 올 수 있게 주기적으로 서로 위치를 바꾸는 것이다. 안쪽은 실제 바깥보다 약 10도가 높은데 그들은 본능적으로 원을 돌아 서로를 배려하듯 살아간다.

우리 역시 서로에게 체온을 나눠주듯, 마음과 관심을 보여야 행복과 건강한 미래를 부화시킬 수 있다. 타인에게 사랑한다고 말할 수 있다면 '지옥 한복판에서도 내적인 평화와 행복을 느낄 수 있다'(돈 미겔 루이스)고 하지 않던가. 톨스토이도 우리의 삶과 영혼은 그 타인과 연결되어 있기에 그들을 위한 선행은 곧 자신을 위한 것임을 피력하고 있다. 척 로퍼 역시 '다른 이들을 돌아보라'는 주문을 통해 '너의 따스함을 다른 사람과 나누어야 된다'고 그 진정성을 전하고 있다.

〈나눌 줄 알아야 높아진다〉는 인도 잠언을 보자.

나눌 줄 알아야 높아진다.
물을 나누어 주는 구름은 드높고
물을 저 혼자 간직하는 바다는 낮은 것처럼.

우리는 크고 작은 실패를 거듭하며 삶을 이어간다. 그러나 실패는 결코 죄가 아니며 부끄러운 일도 될 수 없다. 그보다는 목표가 없는 것이 죄악이라고 말하고 있다. 그렇다고 돈이 인생의 목표나 목적이 될 수는 없다. 페페 신부의 말처럼 그것이 아무리 많아도 인간의 품격은 살 수 없기 때문이다.

숲속의 마지막 나무가 쓰러지고 강 속 마지막 물고기가 사라질 때 인간은 비로소 돈은 먹을 수 없다는 사실을 깨달을 것이라는 인디언 속담이 있다. 돈은 있다가도 없고 없다가도 생긴다는, 흔히 세상에 유통되는 위안처럼 '햇빛은 부자의 저택에서와 마찬가지로 가난한 집의 창가에도 비친다'(헨리 데이빗 소로)는 생각 하나만으로도 생활의 무게를 얼마쯤은 내려놓을 수 있지 않을까. 그렇듯 '환경은 삶의 가치와는 아무런 관계가 없다'(펄벅)는 믿음과 '저녁거리가 없을 때 난 눈으로 식사했다'(로버트 핀스키)는 여유와 '어두운 구름도 시간이 지나면 사라지게 마련이고 흐린 날이라 해도 종일 계속되지는 않는다'(샬롯 브론테)는 긍정적 사고가 필요하다.

돈만을 좇거나 탁월하고 똑똑하고 달변임을 내세우는 사람보다는, 나누면서 깊게 품어주고 듣는 것을 잘 하는 사람이 오래 기억에 남는다. 때로는 시끄러운 웅변가보다 조용한 청중이 더 많은 생각을 하는 법이다. 혀끝에 나온 나쁜 말을 내뱉지 않고 삼켜버리는 것이 세상에서 가장 좋은 음료라고까지 한다.

《숫타니파타》 역시 부족한 것은 소리를 내지만 가득 찬 것은 아주 조용하다고 가르치고 있다. 박수보다는 악수를 받는 사람이 낫다는 의미와도 통한다. 박수 속에는 사실

진심이 실리지 않을 때가 더러 있다. 반면에 악수는 밀접한 체온의 나눔이고 시선의 교류다.

스스로 강해지기 위해서는 자신의 마음속으로 들어가라고 조언하기도 한다. 그곳에는 굳게 발을 딛고 설 수 있는 튼튼한 발판이 있기 때문이다.

아무것도 하지 않고 있을 때 그 나약함과 정체는 더 확실해진다. 적어도 지금이 분주할 때 미래는 그만큼의 가능성을 보장해준다. 시빌 F. 패트리지는 '나를 사랑한다는 믿음을 의심하지 말자'고 외치고 있다. 항상 '자신과 연애하듯이 살라'(어니 J. 젤린스키)고도 한다. 현재를 개선하기 위한 노력도 없다면 결국 '너는 네 젊음을 가지고 뭘 했니?'(폴 베를렌)라는 질문 앞에서 고개만 숙이게 될 뿐이다.

노후에도 '인생의 말년을 용서하고 베풀고 돕고 사랑하는 사람으로'(도로시 파커) 살아갈 수 있게 인도하고 있다. 젊게 사는 것은 쉬워도 나이 드는 일은 어렵다는 마음가짐으로 '하루하루를 귀중한 날이라고 인정'(피마 초드런)하며 보낸다면 백발이 빛날 것이다. 그래서 '한 손은 네 자신을 돕는 손이고 다른 한 손은 다른 사람을 돕는 손'이라는 말을 죽기 전 자식에게 남긴 여배우 오드리 헵번의 아름답고 여유로운 노년을 떠올리며 공감의 미소를 지을 수 있으리라.

우리가 행복해지기 위한 조건은 이미 충분하다고 틱낫
한은 말하고 있다. 우리는 단지 지금 이 순간에 존재하기
만 하면 된다. 다른 날이 아닌 지금 '이 순간이 바로 진실'
(샤를로테 케이슬)이기 때문이다. '인생을 산다는 것은 리허
설이 아니며 장담할 수 있는 것은 단지 오늘뿐이라는 것
을'(애너 퀸들런) 잊어서는 안 된다.

다만 행복을 위해서는 예열이 필요하다. 먼저 경직으로
냉랭해진 가슴부터 데우는 일이다. 삶을 변화시킬 수 있는
에너지는 바로 각자 가슴 속에 있다. 그 안에는 상상조차
할 수 없는 엄청난 에너지가 잠재돼 있는데 정작 살피지
않고 남의 것에만 눈을 돌리고 있다. '나 이외에 아무도
나의 불행을 치료해 줄 사람은 없다'(파스칼)는 각성을 챙
겨야 한다.

오쇼 라즈니쉬는 〈유일한 보물〉에서 말한다.

인간이 탐험하지 않고 내버려두는 유일한 것은
자신의 내면세계다.
그러나 진정한 보물은 그곳에 있다.
자기 존재의 성지 속으로 들어가지 않는다면
삶은 단지 낭비일 뿐이다.

세상이 힘들 때 자신의 가슴을 멘토로 삼자는 것이다.

자신의 가슴으로 바라보면 어디든 닿고 그곳으로 통하는 길을 찾을 수 있다. 그래서 스스로 길이 되는 것이다. 어쩌면 루쉰의 말처럼 원래 땅 위에는 길이 없었고 '한 사람이 먼저 가고 걸어가는 사람이 많아지면 그것이 곧 길이 되는 것'인지도 모른다.

톨스토이는 〈영혼이 인도하는 길〉에서 다시금 강조한다.

우리는 모두 희망하는 일을 이루고 싶어 한다.
하지만 그러면서도 우리 안에 있는
영혼이 인도하는 길은 걷지 않으려고 한다.

이 책을 채우고 있는 다양한 인물들 역시 자신의 말과 생각대로 완벽히 실천하지는 못했으리라. 그러나 말하고 생각할 수 있었던 것은, 흔들리는 세상에 그것이 가장 안전하고 확실한 이정표라 여겼기 때문이다. 누군가는 그 길로 가주기를 바라는 염원이 실린 첫 걸음이다. 그 염원에 보폭을 함께할 때 그들이 '이곳에 살다간 덕분에 단 한 사람의 삶이라도 더 풍요로워지는 것'(랄프 왈도 에머슨)임을 깨달을 수 있을 것이다.

그들은 또한 우리가 마지막에는 이렇게 되뇌기를 바라

고 있지 않을까.

나는 운명을 두려워하지도

욕심내지도 않고

내일 나의 태양이 빛을 환하게 비추든,

구름 속에 숨든 상관없이

매일 밤 담대하게 말하리라.

'나는 오늘을 살았다' 라고.

에이브러햄 카울리 〈나는 삶을 두 배로 살겠다〉

— 이원준

그대 자신을 사랑하는 것은 중요한 일이다.
그대 어머니가 그대를 사랑하는 것 이상으로
스스로를 사랑하라.
언제나 그대 자신과 연애하듯이 살라.

이 책에 실린 원고 중 일부는 원작자를 찾지 못했습니다.
이가출판사로 연락해주시면 다시 허락을 받고 원고료를 지불하겠습니다.